Emmanuel LEROUX

Peur sur le lac de Grand-Lieu

© 2021, Emmanuel LEROUX
Édition : BoD - Books on Demand, info@bod.fr
Impression : BoD – Books on Demand,
In de Tarpen 42, Norderstedt (Allemagne)
Impression à la demande
ISBN : 978-2-3222-4157-6
Dépôt légal : janvier 2021

Un grand merci à Typhaine pour cette superbe couverture, bâtie autour d'un dessin original de mon père sur la cité d'Herbauges.

Merci à ma famille et aux lecteurs critiques de mon manuscrit.

Tous les personnages sont indubi-
tablement fictifs, sauf ***Bémol !***

Chapitre 1

L'enfant aperçoit le vieil homme près de l'immense chêne tricentenaire. S'approchant doucement, à petits pas, sans faire de bruit, il s'arrête près de lui. La barbe et les cheveux blancs comme la neige, le visage buriné par le soleil, assis sur un tabouret, l'homme a les deux pieds nus enfoncés dans le sol jusqu'aux chevilles. Ses mains sont enfouies dans deux fentes creusées sous l'écorce de l'arbre. Il écoute, une oreille collée sur l'écorce, respirant lentement, les yeux fermés.

Sans ouvrir ses paupières, il chuchote :

— Bonjour Julien, l'arbre m'a prévenu de ton arrivée.

Dix ans, le regard espiègle, plutôt costaud pour son âge, un mèche brune hérissée sur le crâne, Julien lui répond :

— Bonjour grand-père. Comment il sait que j'arrive ?

— J'écoute la forêt, elle respire, elle parle et elle chante. Ce chêne me dit que tu as très faim.

— Comment il a deviné le chêne ? Il est trop fort.

— Il a entendu ton ventre qui gargouille…

— C'est normal, c'est l'heure du déjeuner et c'est pour ça que je viens te chercher.

Maman a préparé un gros poisson et si tu rentres pas avec moi, elle a dit qu'elle allait tout manger avec papa. Dis-moi grand-père, qu'est-ce qu'il te raconte ton arbre ?

— C'est le plus vieil arbre de la région, l'arbre de la sagesse. Il connaît les histoires d'avant nous. Son calme m'apaise et je me sens bien avec lui. Hier soir, la terre a tremblé, tu as déjà entendu parler des tremblements de terre ?

— Oh oui ! Mais on n'en a pas chez nous normalement !

— Chez nous aussi la terre peut trembler, mais les séismes sont plus petits que dans certaines parties du monde. Hier soir, c'était un plus gros. Nous sommes sur une zone sismique avec le massif armoricain. Tu apprendras cela plus tard. Tu vois, j'écoute le chêne qui me parle du tremblement de terre. Il me dit qu'il va se passer des choses étranges mais il n'en sait pas plus.

— Mais j'entends rien moi !

— Prend ma place et écoute l'arbre. Mais pour ça, il ne faut pas que tu parles en même temps. Tu peux y arriver ?

Déterrant ses pieds, il s'écarte pour laisser sa place à Julien qui se précipite contre l'arbre, imitant son grand-père. Après un instant de silence, il dit :

— J'entends, des bruits, des petits bruits, « poum poum, poum poum, poum poum ».

— À mon avis, tu entends les battements de ton cœur.

— Peut-être, mais je peux pas l'arrêter et j'ai trop faim.

Se mettant debout, il prend la main de son aïeul et lui commande :

— On va manger maintenant, on reviendra plus tard.

Laissant le tabouret sur place, main dans la main, Anselme et Julien rentrent à Passay, leur village.

Chapitre 2

Ce même matin, le petit jour est à peine levé lorsque Sébastien Blanchard file sur sa plate au lieu-dit "les Boucherons", sur le lac de Grand-Lieu. L'air est frais. Le vent d'Est agresse le pêcheur qui frissonne malgré plusieurs épaisseurs de vêtement. Le bruit du moteur l'empêche d'entendre les oiseaux chanter. Au loin, il aperçoit la tête de plusieurs ragondins glissant sur l'eau.

Sébastien va relever ses verveux et ses bosselles. Il espère que la pêche sera meilleure que la veille. Sa Juliette lui a encore fait une scène hier soir, le traitant de bon à rien, d'incompétent, incapable de rapporter suffisamment d'argent chez lui pour vivre décemment. Lorsque les cris de sa femme ont pris une ampleur indécente, il a déclaré forfait. Claquant la porte, il est parti boire un coup au "ballon d'or", seul café de Passay ouvert jusqu'à une heure tardive. En fait, c'est le seul bar du coin. Il s'est très largement réconforté avec le grolleau rosé et ses copains.

Il ne se souvient plus trop de son retour chez lui. Si, une chose bizarre, il a entendu une cloche sonner au loin, il devait être minuit. Sébastien était trop aviné pour se poser la question sur l'origine de ce bruit, mais ce n'était pas normal. Entrant dans sa maison, son subconscient lui a suggéré qu'il ne serait pas souhaitable de réveiller Juliette. Il a préféré dormir sur le canapé avant de quitter sa maison au petit matin.

Des coups cognent sans cesse dans son crâne depuis son réveil. L'excès d'alcool ne lui convient pas. Pas vraiment des nausées mais pas loin. Surtout, éviter de regarder vers le soleil sous peine de faire redoubler les coups. Continuer sans réfléchir, l'air frais devrait progressivement décrasser son cerveau.

Des nuages d'étourneaux traversent le lac et se dispersent dans les terres. Les colverts, les cormorans, les oies et les hérons volent un peu partout. Sébastien aime ces moments sur le lac. Il se considère privilégié d'exercer son métier sur ce plan d'eau unique en France aux portes de Nantes. Si ce n'était le bruit des avions avec ce putain d'aéroport collé au lac, ce lieu serait idyllique.

La plate glisse lentement sur l'eau. Sébastien n'aperçoit pas l'ombre qui le suit dans son sillage. Son bateau s'immobilise devant le premier filet. Il coupe les gaz. Le chant des oiseaux remplace le bruit du moteur. Alors qu'il attrape la première bouée, Sébastien se retourne, surpris par un bruit inhabituel. Un monstre luisant sort lentement de l'eau, sa tête s'élève, suivie d'un corps noir et lisse lui donnant l'aspect d'une anguille géante. Il a une bouche immense et des yeux rouge vif, agressifs. Ouvrant son immense gueule armée de dents aiguisées, esquissant un semblant de sourire, il bouge en sifflant, ondulant lentement. Sébastien est immobile, sidéré, hypnotisé par cet animal. Se penchant brutalement, le monstre attrape sa tête dans sa gueule et la lui coupe nette avec un bruit sec. Le corps s'affaisse, immobile dans le fond de la plate, se vidant de son sang expulsé à grands jets par les carotides.

La bête hideuse regarde autour d'elle à plusieurs reprises avant de cracher la tête de Sébastien dans le bateau. Celle-ci rebondit plusieurs fois avant de s'arrêter à ses pieds, les yeux tournés vers le ciel, exorbités par sa dernière vision cauchemardesque.

Silencieusement, le monstre retourne dans l'eau et s'éloigne.

Chapitre 3

Georges Grondin a terminé de relever ses filets. Il rentre avec sa pêche en sifflotant debout sur son bateau, direction le port de Passay. Il est content de sa matinée, les kilos d'écrevisses, d'anguilles, de brochets et de sandres vont lui rapporter une bonne somme d'argent.

Il voit de loin la plate de son ami Sébastien, sans le bonhomme dessus. Intrigué, il dirige son bateau vers l'embarcation, ralentit et se met au flanc du bateau.

Se penchant par-dessus bord, il découvre le cadavre de son ami. Georges est un homme costaud qui en a vu d'autres mais là, il est décontenancé par ce spectacle. Ses jambes tremblent, sa tête lui tourne et il tombe assis dans son bateau, pris de nausées. « Bordel de bordel de merde, qu'est-ce qui s'est passé ? qui a pu faire ça ? », jure-t-il dans sa barbe.

Après quelques minutes, reprenant ses esprits, il saisit son portable et compose le 17. Après avoir expliqué à la gendarmerie de Saint Philbert de Grand-Lieu ce qu'il vient de voir, il attache le bateau de Sébastien au sien et le remorque jusqu'au port.

Chapitre 4

Les gendarmes sont prompts. Georges aperçoit la fourgonnette en arrivant au port. En fait, il n'y a pas vraiment de port mais en été, jusqu'à la montée des eaux, l'accostage se fait au bord de l'eau sur le sable, sans embarcadère. Les camionnettes des pêcheurs reculent dans l'eau peu profonde près des plates pour transborder la pêche.

Il y a très peu de monde en cette fin de matinée. Georges approche les deux bateaux du bord de l'eau. Le visage sombre, les yeux larmoyants, il parle au Commandant de la gendarmerie Bernard Bellebrute.

— Commandant, je n'ai jamais vu ça. Je suis complètement tourneboulé. Je vous laisse regarder. Il s'agit de Sébastien Blanchard, mon collègue et ami d'enfance.

— Effectivement Monsieur, c'est très troublant, répond le Commandant Bellebrute après avoir jeté un rapide coup d'œil par-dessus bord. J'appelle le procureur tout de suite pour faire intervenir la police scientifique. Sans aucun doute possible, il s'agit d'un assassinat barbare. Vous n'avez touché à rien ?

— Non. J'ai juste découvert le bateau de Sébastien dans la zone des Boucherons et je l'ai remorqué jusqu'ici. Qu'est-ce-que vous en pensez ? Qui a pu faire cela ?

— On attendra les résultats de l'autopsie avant toute déclaration, explique le Commandant. Je n'ai jamais été confronté à une telle atrocité et cela me laisse perplexe. Donnez-moi votre numéro de téléphone et votre adresse, je vous recontacterai plus tard pour votre déposition. Vous pouvez vaquer à vos occupations. Je pense que vous avez du poisson à décharger.

Le Commandant Bellebrute passe plusieurs coups de fils, demande des renforts pour protéger les lieux, des curieux commencent à arriver. Il délimite avec son collègue un large périmètre de sécurité autour du bateau.

Chapitre 5

Tôt ce matin, le jour à peine levé, Lucien va dans les bois de Saint-Aignan, au bord du lac pour cueillir des champignons. Il aime se rendre dans la forêt avant le lever du jour pour être le premier. Il connaît les bons coins, ceux avec les cèpes, les pieds de moutons et les girolles, ses préférés. La pluie est tombée ces derniers jours, le sol est devenu propice à l'éclosion des champignons en ce début octobre. Avec son bâton, il écarte délicatement les fougères et les ronces. La récolte s'annonce bonne, son panier est déjà à moitié rempli.

Il remarque une masse sombre et immobile sur le sol, au pied d'un grand hêtre. Intrigué, il s'approche et s'arrête stupéfait. « Nom de Dieu, j'ai jamais vu ça », s'exclame t'il tout bas, « qui a bien pu faire cette boucherie ? C'est complètement dément, c'est monstrueux ! Qui c'est qu'aurait pu faire ça ? Faut qu'j'appelle les gendarmes, Nom de Dieu. »

Chapitre 6

Clémentine Chanterelle est journaliste à Ouest-France. Elle y travaille depuis plusieurs années. Sérieuse et intelligente, son talent lui a permis de gravir rapidement les échelons bien qu'elle soit jeune, 30 ans. Elle jouit d'une bonne réputation au sein de l'entreprise. Clémentine est tellement bien vue que le directeur lui a confié une jeune stagiaire, Philomène Champion, sa fille adorée de 20 ans. Philomène semble pleine de bonne volonté, mais n'est pas très motivée, plus obnubilée par la mastication de son chewing-gum et son téléphone portable que par l'actualité.

— Philo, j'ai eu un coup de fil, meurtre à Passay, on y va.

— Je termine ma partie et j'arrive, lui répond Philomène penchée sur son smartphone, mâchant vigoureusement son chewing-gum la bouche grande ouverte.

— Tu termineras dans la voiture, réplique Clémentine en soupirant, excédée par la mentalité infantile de sa stagiaire.

Dans la C3, la fille du patron termine son jeu puis demande de sa voix agaçante et haut perchée :

— Et c'est où Passay ?

— Un village à côté de La Chevrolière. C'est un village de pêcheur.

— Et c'est où La Chevrolière ?

— Au sud de Nantes, au bord de lac de Grand-Lieu.

— Et c'est quoi le lac de Grand-Lieu ? Mon papa m'a jamais emmenée.

— Tu ne sors jamais le week-end ? C'est le deuxième plus grand lac de France et tu n'en as jamais entendu parler ? T'es vraiment inculte. C'est une des plus grandes réserves d'oiseaux de France avec la Camargue et c'est un endroit magnifique, calme et reposant. Mais on ne le visite pas, c'est interdit, réserve naturelle.

— Et c'est quoi le meurtre, raconte…

— Un homme retrouvé décapité dans son bateau.

— Décapité ? Oh là là, ça craint. Et comment qu'on lui a coupé la tête ?

— Justement, nous allons là-bas pour en savoir plus. Refait donc une partie sur ton téléphone, ça va me faire des vacances.

Chapitre 7

La police scientifique est arrivée au port d'été. Il y a de plus en plus de monde. Un large périmètre de sécurité a été mis en place. Photographies et prélèvements sont en cours. Le médecin légiste est intrigué. Comment a-t-il été décapité ? Pourquoi cette mise en scène macabre ? Autant d'interrogations qui n'ont pas de réponses pour le moment. Le Procureur de la République Emile Poireau est venu sur place pour constater ce meurtre exceptionnel et monstrueux.

— Commandant Bellebrute, vous avez bien fait de me prévenir rapidement. C'est une affaire pas banale qui va faire du bruit et je la suivrai de près, vous pouvez en être sûr. Avez-vous une idée de ce qu'il s'est passé ?

— Monsieur le Procureur, sauf votre respect, je n'en sais rien. Je n'ai jamais vu ça. Comment un homme costaud, en pleine forme, parti sur le lac pour pêcher a pu se retrouver étêté ? Il n'y a pas de trace de lutte sur le bateau. Le médecin légiste a constaté que le corps est indemne, à part le bout du haut qui est à côté, bien sûr. Je n'ai pas d'hypothèse.

— Pour votre gouverne Commandant, on ne dit pas étêté pour un homme mais décapité. Ce n'est pas un arbre. Qui était cet homme ?

— Il s'agit de Sébastien Blanchard, pêcheur sur le lac. Il était parti pour relever ses filets. Son copain Georges Grondin l'a retrouvé comme ça en rentrant de sa pêche. Il m'a prévenu et a remorqué son bateau. Il est très choqué par cette vision horrible, il rentre sa pêche actuellement. Je pense qu'il aura besoin d'un soutien psychologique.

— Bien bien, je prends note. Vous me ferez parvenir les procès-verbaux. Je vais suivre cela de près, de très près. C'est bizarre cette histoire.

— Je ne vous le fais pas dire, c'est bizarre.

— Vous trouvez que c'est bizarre vous aussi ? Oui, c'est bizarre, très bizarre. Dites-moi mon petit Bellebrute, depuis combien de temps êtes-vous à la gendarmerie de Saint Philbert ?

— Trois ans Monsieur le Procureur.

— Très bien. Il serait temps que vous ayez une petite promotion. J'ai le bras long et je sais à qui m'adresser. Résolvez rapidement cette histoire et vous ne serez pas déçu. Surtout, tenez-moi au courant de la suite des évènements. Bonne journée.

Chapitre 8

Julien et son grand-père Anselme arrivent devant la maison de Sébastien à Passay, main dans la main. Juliette les attend sur le pas de la porte.

— Votre fils n'est pas encore rentré, père Anselme, toujours en retard celui-là. Il n'a jamais eu d'horloge dans sa tête ni trop la tête sur ses épaules d'ailleurs. Allez-donc le chercher au port sinon le déjeuner sera trop cuit.

— À tes ordres ma bru, réplique Anselme Blanchard, jamais trop pressé de rester en tête à tête avec sa belle-fille qu'il juge un peu dure avec son fils. Ah, ce n'était pas comme sa douce et tendre Anémone, décédée l'année dernière, emportée par le cancer. Julien, tu restes avec ta mère, je reviens rapidement.

— D'accord grand-père, mais tu rentres vite, j'ai vraiment très très faim.

Chapitre 9

Le port est à 500 mètres du village, on y accède par un chemin goudronné, entre l'eau et les prairies. Anselme Blanchard est surpris par le nombre de voitures et de camionnettes de la gendarmerie en arrivant au port, à moins de 5 minutes à pied de la maison de son fils. Il reconnaît plusieurs habitants de Passay et s'étonne du silence qui se fait au fur et à mesure qu'il s'approche de l'eau. Les gens se taisent en le regardant d'une drôle de façon. Apercevant le bateau de son fils entouré d'un périmètre de sécurité, il ressent un frisson glacé dans son dos. S'approchant du Commandant Bellebrute et il lui demande :

— Bonjour, je m'appelle Anselme Blanchard, vous pouvez m'expliquer ce qui se passe avec le bateau de mon fils ?

— Bonjour Monsieur, je suis le Commandant de gendarmerie Bernard Bellebrute. Vous êtes le père de Sébastien Blanchard ?

— Depuis sa naissance, oui, mais dites-moi ce qui se passe !

— Venez un peu plus loin, je vais vous expliquer. Votre fils a eu un problème.

Le prenant par le coude, ils s'éloignent à quelques dizaines de mètres de la foule.

— Monsieur, je suis sincèrement désolé de vous apprendre le décès de votre fils.

Il a été tué dans son bateau ce matin. Nous avons la certitude qu'il s'agit d'un meurtre.

Devenant pâle comme un linge, Anselme s'assoit sur une caisse qui traine. Il se met la tête dans les mains et reste une longue minute en silence. Le Commandant patiente, très gêné à côté de lui.

— Racontez-moi ce qu'il s'est passé s'il vous plaît, demande Anselme d'une voix blanche.

— D'accord. Ce n'est pas banal, explique le Commandant Bellebrute, essayant de trouver les mots les moins traumatisants. On lui a un peu, ou plutôt beaucoup, coupé la tête. Georges Grondin l'a trouvé en deux morceaux au fond de sa plate et l'a remorqué jusqu'ici. Il nous a appelé et nous voilà. J'ai prévenu le procureur et il faut maintenant qu'on trouve le meurtrier. Dans une histoire aussi bizarre, ce ne devrait pas être compliqué. Ah j'oubliais, mes condoléances. Pourriez-vous me dire s'il est, pardon, était marié et s'il a, pardon, avait des enfants ?

Anselme a des difficultés à réaliser la situation. La délicatesse et la maladresse du Commandant le touche.

— Un garçon, Julien, il a 10 ans et sa femme, Juliette. Ils habitent à 5 minutes, à Passay. Il faut que j'aille les prévenir.

— Je peux y aller si vous le voulez. Je saurai dire ces choses avec tact et délicatesse. J'ai été formé pour cela.

— Justement, répond Georges en soupirant, c'est pour ça que je préfère le faire moi-même. Je suis peut-être moins délicat que vous, mais plus proche d'eux. Puis-je voir mon fils avant d'y aller.

— Je suis désolé mais le médecin légiste est en plein travail. Vous aurez tout le loisir de le voir à la morgue quand il sera rafistolé.

— Bien, puisque ma présence est inutile, je vous laisse.

— Bien Monsieur, mais auparavant, je souhaite prendre vos coordonnées et ceux de sa famille pour vous informer des suites.

Après les échanges d'informations, Anselme Blanchard retourne lentement dans le village pour retrouver Julien et Juliette.

Chapitre 10

Juliette est sur le pas de la porte, les sourcils froncés, l'air sévère. Elle vit depuis 11 ans avec Sébastien, son homme, beau, gentil, mais pas bien travailleur. Elle aurait rêvé vivre dans une grande maison, avec tout le confort moderne et une grosse voiture. D'accord, elle ne manque de rien, mais elle vit dans sa petite maison de pêcheur, chichement meublée, sombre et humide en hiver. Elle rouspète un peu, parfois beaucoup, mais elle l'aime son Sébastien. Julien est le portrait de son père, gamin malicieux, adorable, très dégourdi et entreprenant pour son âge.

Elle est institutrice à La Chevrolière, travail idéal pour s'occuper de son fils. Malheureusement, elle n'a qu'un garçon. Elle aurait bien voulu avoir d'autres enfants mais la nature est parfois capricieuse.

Voyant arriver son beau-père seul, elle pense que son mari n'est pas encore rentré. La dispute de la veille trotte encore dans sa tête mais ce n'est pas la première fois qu'ils se chicotent. C'est un peu leur façon de communiquer, même si c'est parfois bruyant pour les voisins.

— Juliette, ma bru, rentrons. Ce que j'ai à te dire est grave et je tiens à ce que Julien soit là.

Après s'être assis dans le salon, Anselme reprend lentement :

— Je suis arrivé au port et j'ai vu des gendarmes. Julien, ton papa est mort. Tu es veuve Juliette. Je suis désolé de vous l'annoncer comme ça, mais je n'ai pas de mot doux pour atténuer les faits. Il n'y a pas eu d'accident, Sébastien a été assassiné. On ne sait pas qui a fait ça mais c'est un meurtre horrible.

Juliette est devenue pâle. Elle ne dit rien et encaisse les paroles de son beau-père. Julien a des larmes dans les yeux. Il demande d'une petite voix.

— Et comment qu'on l'a tué mon papa ?

— On lui a coupé la tête. Georges l'a retrouvé dans son bateau au milieu du lac. C'est abominable.

— Comme la guillotine à la révolution ?

— Oui comme la guillotine, mais il n'y a pas de guillotine sur le lac et ce n'est plus la révolution.

Prenant sa belle-fille dans ses bras, il tend la main à Julien qui vient se coller à eux en pleurant. Ils restent un long moment ensemble pour partager leur chagrin.

— Je te promets ma bru, je te promets Julien, je ferai tout pour découvrir qui a fait ça. Je vous promets.

Chapitre 11

La journaliste arrive avec Philomène au port de Passay.

— Vous êtes le responsable ? Demande Clémentine au Commandant Bellebrute. Clémentine Chanterelle du journal Ouest-France. Je suis accompagnée de Philomène Champion, stagiaire.

— Commandant Bellebrute. Effectivement, je suis le premier arrivé sur les lieux.

Le Commandant, célibataire de 35 ans, ne semble pas insensible au charme de cette ravissante blonde. Il lisse prestement sa grosse moustache de ses doigts, signe d'une vive émotion.

— Pouvez-vous nous en dire un peu plus sur ce meurtre ?

— Je n'ai pas grand-chose à dire. Le pêcheur, Sébastien Blanchard, mort à cette heure, a été retrouvé ce matin dans son bateau, étêté, pardon, décapité. Son ami Georges Grondin l'a rapatrié au port et voilà. Des faits, rien que des faits mais pas d'hypothèse. Nous ne savons pas ce qui s'est passé.

— Avez-vous déjà eu connaissance de faits similaires ?

— Non, aucunement. Nous avons la certitude qu'il s'agit d'un meurtre. La thèse du suicide ne tient pas. La tête a été tranchée nette. Des analyses sont en cours. Nous en saurons certainement plus dans les prochaines heures.

— Il était tout seul dans son bateau ?

— Il partait relever ses filets comme toujours, seul. Son ami Georges Grondin a été étonné de ne pas le voir sur son bateau, il est allé voir, l'a découvert et remorqué sa plate.

Brusquement, ils sont interrompus par une vieille dame. Vieille, très vieille, courbée, toute ridée, avec une seule dent sur sa mâchoire inférieure. La mère Lucette. Tout le monde la connaît et la surnomme affectueusement « la vieille sorcière du lac », mais pas devant elle. Elle a l'ouïe fine la Lucette et n'a pas son pareil pour remettre son interlocuteur à sa place, avec une voix forte, rauque, déroutante vu la petitesse du personnage.

— C'est la malédiction du lac ! Assène Lucette en tapant vigoureusement sur le sol avec sa canne en bois de houx. La malédiction !

Les têtes se tournent vers elle.

— La malédiction, assène-t-elle encore plus fort. Tout concorde, il faut voir les signes, regardez autour de vous, aveugles que vous êtes !

Clémentine, Philomène, le Commandant Bellebrute et tous les curieux sont attentifs aux paroles de Lucette :

— Je l'avais bien dit que la cité d'Herbauges allait se réveiller. Vous avez senti le tremblement de terre hier ? La terre est fâchée, très fâchée.

— Effectivement, répond le Commandant. Mais c'est assez fréquent dans la région. Il y en a régulièrement.

— Mais, jeune homme, ce qui s'est passé cette nuit est très grave ! La cloche a sonné. Vous savez ? La cloche de la cité d'Herbauges, au fond du lac. Elle a sonné à minuit, je l'ai entendu, de chez moi ! La légende veut qu'elle ne sonne que le soir de Noël. Et on n'est pas à Noël !

— Et alors ?

— Et alors, répond Lucette de sa voix basse et rauque, le monstre est sorti. Il a été libéré, il va semer la désolation autour du lac. Voilà ce que j'ai à dire.

S'éloignant vers Passay, elle tape plusieurs fois avec sa canne sur le sol en rajoutant presque en hurlant :

— Le malheur est sur nous tous ! Le malheur, le malheur...

Philomène se rapproche de Clémentine :

— Elle est trop chelou la vieille. Elle fout les boules !

— Extraordinaire, lui répond Clémentine, elle est extraordinaire. Il va falloir l'interviewer, quel personnage, quelle force ! J'adore cette vieille dame. Philomène, j'ai du travail pour toi. Tu vas trouver toutes les infos sur la cité d'Herbauges. Je pense qu'on peut dégoter quelque-chose d'intéressant. Se retournant vers le Commandant, elle demande :

— Commandant Bellebrute, vous pensez qu'un monstre ait pu tuer Sébastien Blanchard ?

— Trop tôt pour tirer des conclusions, répond le Commandant en lissant sa moustache. Toutes les hypothèses sont valables. Nous attendrons les résultats du médecin légiste. Je vais vous laisser. La police scientifique va terminer les investigations. J'ai un appel pour la forêt de Saint Aignan de Grand-Lieu. On me dit qu'il y a un problème, peut-être en rapport avec ce meurtre. Je reviendrai plus tard. Au revoir mesdemoiselles.

Chapitre 12

Le cueilleur de champignons est excédé. Cela fait quatre heures qu'il attend. Il en a ras le bol.

— J'aurais su le temps que j'aurai perdu, j'aurais pas prévenu les gendarmes, explique-t-il à qui veut l'entendre.

Le Commandant Bellebrute arrive enfin. Après avoir reçu des remontrances de Lucien sur son retard « vous avez vu l'heure qu'il est ? Il commence à faire faim et il faut que je m'occupe de mes champignons… », il lui demande ce qui s'est passé, espérant qu'on ne l'a pas fait venir pour rien parce qu'il a quand-même un meurtre sur le dos.

— Venez voir, c'est pas la peine de parler, explique Lucien, faut juste regarder. C'est monstrueux, jamais vu ça, dégueulasse.

Il le conduit dans les fougères à côté du grand hêtre. Sur le sol, la tête d'un énorme sanglier repose, mort. Jusqu'ici, rien d'extraordinaire. En regardant de plus près, il manque la moitié du sanglier. Il est coupé en deux, au milieu du corps.

— J'ai cherché l'aut'bout, j'ai eu le temps, oh oui, ça, j'ai ben eu le temps, explique le cueilleur, mais j'l'ai pas trouvé. C'est comme si qu'on avait mangé la moitié en le coupant en deux, d'un seul coup. Quel est l'animal qu'a pu faire ça ? Un monstre ?

— Cela fait deux fois qu'on me parle d'un monstre ce matin. Ça fait beaucoup en peu de temps. Vous me filez les chocottes Monsieur. Puis, réfléchissant tout haut, il dit :

— Décision, il faut que je prenne une décision. D'abord faire venir la police scientifique, du fait du meurtre ce matin et autopsie du sanglier. Bon, je fais ça et on attend les conclusions. Je sens que je ne vais pas déjeuner tout de suite. C'est dommage, j'ai un bœuf bourguignon pour le déjeuner. J'aime bien le bœuf bourguignon. Bon, réchauffé, ce sera encore meilleur. Mais quand même, mon déjeuner…

Chapitre 13

Anselme Blanchard est resté avec sa bru et Julien. De nombreux amis et voisins sont venus les soutenir. Sébastien était très aimé dans le village. Le soir tombé, chacun a regagné son logis et il a bien fallu dîner. Aux informations nationales de 20 heures, le meurtre de Sébastien fait la une. La journaliste Sandrine Nouvelle explique :

— Un évènement dramatique est survenu sur le lac de Grand-Lieu au sud de Nantes. Le corps d'un pêcheur a été retrouvé décapité dans son bateau ce matin. Il s'agit à l'évidence d'un assassinat. Ce lac est fréquenté seulement par 7 pêcheurs qui y exercent leur profession. Monsieur Blanchard relevait ses filets et a été retrouvé en deux morceaux dans son bateau par un collègue. Aucune hypothèse n'a été formulée par la police. Une légende sur la cité d'Herbauges a été mise en avant par une vieille femme de Passay parlant d'un monstre qui serait à l'origine du meurtre de Monsieur Blanchard. Ce monstre du lac de Grand-Lieu serait aussi, j'utilise le conditionnel, à l'origine de la mort d'un énorme sanglier retrouvé sectionné en deux dans les bois de Saint Aignan de Grand-Lieu. Nous vous tiendrons informés de la suite de ces affaires pour le moins atypiques. Passons aux nouvelles internationales.

L'ancien Président des Etats-Unis a twitté, je cite : « tant que j'aurai des glaçons dans mon bourbon, c'est que le réchauffement climatique n'existe pas ». Un commentaire du spécialiste des…

— J'éteins la télévision, dit Juliette, je n'ai pas le cœur à écouter les nouvelles du monde. Monte te coucher Julien, je viendrai te border dans 5 minutes. J'ai à parler avec ton grand-père.

— D'accord maman, répond Julien, les yeux encore rouges d'avoir pleuré. Dis, Grand-père, tu pourras venir me raconter une histoire après ?

— Bien sûr Julien, je viendrai tout à l'heure.

Quelques minutes plus tard, Anselme Blanchard retrouve Julien couché dans son lit, la lumière allumée, les yeux dans le vague. Il fait un grand sourire en voyant son grand-père arriver. Ce dernier s'assoit au bord du lit.

— Grand-père, je voudrais que tu me racontes l'histoire d'Herbauges s'il te plaît. J'en ai entendu parler mais je connais pas bien l'histoire.

— Au moins, quand tu veux quelque chose, tu sais aller droit au but.

— Tu veux bien mon grand-père chéri ?

— Bien sûr, lui répond Anselme avec un sourire éclairant son visage barbu. Installe-toi bien et écoute. Il était une fois une grande et belle cité située au milieu du lac de Grand-Lieu.

— Elle était sous l'eau ?

— Il n'y avait pas d'eau dans le lac à cette époque. L'eau est arrivée plus tard. Donc, cette cité prospère s'appelait Herbauges. C'était un endroit où régnait le désordre. Les habitants adoraient des idoles. La boisson et la débauche régnaient en maître.

— C'est quoi la débauche ?

— Tu le sauras plus tard, ce sont des histoires de grandes personnes. Sache seulement que ce n'est pas bien. Donc, cette cité prospère et très belle était située au milieu de l'actuel lac. Un homme, Saint Martin de Vertou, il y a 1500 ans au VIème siècle, tu vois, c'était il y a bien bien longtemps, a été envoyé par son évêque et Dieu pour mettre de l'ordre dans cette ville.

— Et comment il a su que Dieu lui demandait ça ?

— Un ange lui est apparu, et lui a dit, comme je te parle : « Martin », il n'était pas encore Saint, donc on l'appelait Martin. Donc je reprends : « Martin, va à Herbauges, fait entendre la parole du Christ à ces débauchés de la pire espèce et montre leur la voie du Seigneur ».

— Dis-donc, il parle vachement bien ton ange. On croirait que t'y étais.

— Peut-être dans une vie antérieure.

Alors, Martin prend son bâton de pèlerin. Les futurs Saints ont toujours un bâton pour marcher, on les reconnaît d'ailleurs à leur bâton. Donc il prend son bâton et va dans la cité d'Herbauges. Il commence à parler dans la rue, à dire leurs quatre vérités à tous ces impies.

— Impies ? C'est quoi ?

— Ces mécréants, les non-croyants. Il leur dit des choses qui ne leur plaisent pas car ils ne veulent pas changer leur façon de vivre. Les gens n'aiment pas qu'on leur mette le nez dans leur caca.

— Ça c'est sûr, c'est dégoutant. Moi j'aimerais pas non plus.

— Donc, les herbaugeois, ne sont pas contents de le voir. Ils lui disent : « Martin, si tu ne déguerpis pas, on va te faire la peau ». Ils lui ont même lancé des pierres et donné des gifles. Oh là là ! Le pauvre Martin va être tué alors qu'il vient seulement faire son travail. Heureusement, il est hébergé par un homme gentil, Romain, qui l'accueille avec sa femme et son fils Pierre.

— Il fait quoi Romain comme travail ?

— Je ne sais pas, mais il est gentil, très gentil. Donc la nuit d'avant son départ de la ville, Martin fait un songe.

— C'est quoi un songe ?

— C'est comme un rêve mais en réel et on se souvient de tout. Martin songe qu'il faut quitter la ville car un grand malheur va arriver. Le jour n'est pas levé qu'il sort de la ville, accompagné de Romain, sa femme et son fils. Ils sont trop gentils pour mourir, il les a convaincus de les accompagner. Donc ils s'éloignent de la ville. En songe, l'ange lui avait dit de partir sans se retourner sinon, ils auraient un problème.

— Lequel ?

— Tu le sauras plus tard, laisse-moi continuer l'histoire. Ils cheminent et s'éloignent de la ville. Sur le chemin, ils entendent des grands bruits derrière eux, une tempête s'approche, des coups de tonnerre assourdissants et des éclairs remplissent l'atmosphère. Romain a bien écouté les consignes de Martin et ne se retourne pas. Mais sa femme, les femmes sont souvent très curieuses tu sais, sa femme se retourne ainsi que le petit Pierre et alors…

— Et alors ? répète Julien captivé par l'histoire.

— Ils se transforment instantanément en pierre. Un bloc de pierre. Romain et Martin sont obligés de les abandonner sur place. Romain pleure sa tendre épouse et son fils. De là vient l'expression « mourir de curiosité ».

— Les pauvres. C'est triste ton histoire.

— Oui mais c'est la vérité. On peut voir encore la femme de Romain avec son fils au pré Moreau à Pont Saint Martin. Les pierres sont usées par les siècles mais on les reconnait encore.

— Pont Saint Martin, c'est le nom à cause de Martin ?

— Bien sûr, et comme il y a un pont sur l'Ognon, la rivière qui traverse le village, on l'appelle Pont Saint Martin. Je t'expliquerai l'histoire du pont ensuite. Revenons à notre récit. Au moment où Pierre et sa maman se transforment en pierre, des nuages s'amoncellent dans le ciel, le tonnerre gronde et un déluge comme jamais plus nous ne vîmes se déchaine, engloutissant les maisons et toute la ville, noyant tout le monde. C'est ainsi que fût créé le lac de Grand-Lieu, avec la cité d'Herbauges dans le fond du lac. La colère de Dieu fut terrible.

— Et les deux qui restent, ils sont devenus quoi ?

— Martin est devenu Saint Martin et est reparti vers de nouvelles aventures d'évangélisation. Romain est mort de chagrin. Cette histoire a été transmise à travers les siècles pour ne pas oublier.

— C'est tout ? Et le monstre ?

— Tu as raison, ce n'est pas tout. Tous les ans, à Noël, à minuit pile, les cloches de l'église d'Herbauges sonnent, en souvenir de cette cité. Quant au monstre, je ne sais pas. J'irai voir Lucette, elle semble en savoir plus que moi.

— Tu me racontera ce qu'elle te dira s'il te plait grand-père ?

— Promis Julien.

— Et l'histoire du pont ?

— Tu ne lâches rien dis donc. Alors, voici l'histoire du pont. Lorsque le déluge s'est abattu sur la cité d'Herbauges, les rivières se mirent à gonfler, rendant les déplacements difficiles. Martin et Romain de pouvaient pas passer l'Ognon sans se noyer. Ils ne savaient pas nager et le courant était trop fort. C'est alors que le diable est apparu.

— Le diable ?

— Ben oui, le diable. Il y a bien un ange dans cette histoire, pourquoi pas le diable ! Donc le diable avait très envie d'avoir l'âme de Martin dans son escarcelle. Il lui dit : « si tu meurs noyé, ton âme ira à Dieu. Je fais un pont pour passer la rivière et tu sauveras Romain. En échange, je veux ton âme, Yark yark yark ». Il rigole bêtement, le diable ne sait pas bien rire alors il rit bêtement. Mais Martin était très malin. Il négocie avec lui. Il lui dit : « D'accord, diable, le premier être qui passe le pont, tu auras son âme ». « Ce qui est dit est dit, conclue le diable, yark, yark, yark » et il disparaît dans un nuage de feu. Instantanément, un pont descend du ciel et se pose sur la rivière. Ils sont sauvés.

— Mais alors, Martin va être obligé de donner son âme au diable ?

— Oui mais…

— Mais quoi ?

— Un chat noir passe par là, effrayé par la montée des eaux. Martin l'envoie traverser le pont. Le diable est obligé de prendre l'âme du chat noir et les deux hommes peuvent passer sans problème.

— Ouf, ils sont sauvés !

— C'est depuis ce temps-là que les chats noirs ont mauvaises réputations, ils portent malheur car ce sont les instruments du diable.

— Je n'aurai jamais de chat noir. J'aime trop mon chien et il n'aime pas les chats.

— Voilà, l'histoire est vraiment finie. Essaye de dormir maintenant. Nous avons eu une dure journée. Justement, j'ai du sable dans les poches.

Il met les mains dans ses poches puis sort les poings fermés. Il les ouvre en lançant le sable imaginaire dans le ciel.

— Le marchand de sable est passé Julien. Il est l'heure de dormir.

Anselme Blanchard prend Julien dans ses bras et le serre fort après avoir éteint la lumière pour qu'il ne puisse pas voir ses larmes couler.

Chapitre 14

Il est tard, Anselme n'a pas envie de se coucher. Il se promène et ses pas l'emmènent au port d'été. Il voit le bateau de son fils au bord de l'eau. Il s'approche et ne peut retenir ses larmes en imaginant Sébastien mort au fond de la plate. Il écoute les bruits de la nuit, les chouettes hululent et quelques batraciens coassent. Une voix grave le tire de ses pensées :

— Tu viens écouter toi aussi mon neveu ?

— Bonsoir tante Lucette. Je n'ai pas envie de me coucher. Cette journée a été interminable.

— Je suis triste pour toi et notre famille. C'est un drame horrible que tu viens de vivre. Saches que je suis de tout cœur avec toi. J'en ai vu défiler des morts dans ma longue vie, mais je n'avais jamais vu ça.

— Merci ma tante.

— Il est presque minuit, reprend Lucette de sa voix rauque, nous devrions entendre les cloches.

— Tu crois vraiment à l'histoire d'Herbauges et ce monstre ?

— Bien sûr ! Il n'y a que les aveugles qui ne voient pas l'évidence. Lorsque la cité d'Herbauges a été engloutie par les eaux, toute la population est morte, sauf Romain, son fils et sa femme mais ces deux derniers sont morts de curiosité. Le mal a été enfoui sous terre. On dit qu'il est tapi sous l'église. Avec le tremblement de terre, une pierre a dû se déchausser et le mal est sorti sous la forme d'un monstre. Tous les soirs à minuit, la cloche de l'église va sonner pour rappeler le monstre sous terre et l'enfermer. Tiens, tu entends ?

Au lointain, on entend une cloche d'église sonner, claire et distinctement. Le bruit semble venir du centre du lac.

— Cela me donne la chair de poule, reprend Lucette.

— Oui, quand on sait ce qu'il s'est passé aujourd'hui, je vais commencer à croire à ton histoire. Aller, viens tante Lucette, ce n'est pas raisonnable de te promener dans le noir à ton âge, je te ramène chez toi.

— Tu as peur que je me fasse trousser ?

— Non, aucun risque, simplement que tu te casses le col du fémur en tombant.

— C'est moins drôle ton truc mon petit Anselme, réplique Lucette en rigolant, laissant la lune éclairer son chicot. Ce serait pas du luxe à mon âge de m'envoyer en l'air. Ça me rappellerait des lointains souvenirs du siècle dernier à l'époque de mon défunt mari.

— Tu es vraiment la plus disjonctée des vieilles dames, une vraie gamine.

— Faut bien rire un peu, sinon, la vie serait trop triste.

Anselme prend le bras de Lucette et la raccompagne à son domicile.

Chapitre 15

Dans son bureau au journal Ouest-France à Nantes, Clémentine explique à sa stagiaire :

— Pour cette rencontre, tu auras l'initiative, Philomène. Tu feras l'interview de Lucette, j'ai réussi à prendre rendez-vous avec elle. Je t'accompagne seulement pour t'observer et je ne dirai rien, promis.

— Cool Clémentine. Tu verras, je vais grave assurer, répond Philomène en mastiquant bruyamment son chewing-gum la bouche ouverte.

— Tu cracheras ton chewing-gum avant d'entrer s'il te plait, ce n'est pas poli de parler avec ce truc dans la bouche.

— D'accord, répond Philomène, mais il faudra que je le finisse bien comme il faut avant de le cracher.

Et elle s'y applique en redoublant d'efforts pendant le trajet vers Passay.

Philomène ne peut manifester son étonnement. La maisonnette est décrépie avec une porte d'entrée en bois vermoulue centrée par un heurtoir métallique. Pas de sonnette.

— Et tu vas voir qu'elle n'a même pas l'électricité la vioque, dit Philomène. Bon, je fais comment ?

— Tu frappes la porte avec le heurtoir, répond Clémentine.

— OK, mais j'ai jamais vu un truc comme ça, j'espère que la maison ne va pas s'écrouler. Toc toc toc, ça y est, on est là, tu viens la vieille ?

La porte s'ouvre dans un grincement sinistre, digne d'un film d'épouvante. La vieille dame se tient derrière, un chapeau noir sans âge sur la tête, habillée d'une robe rapiécée et de sabots usés dans ses pieds.

— C'est quoi ce raffut, tempête Lucette en regardant méchamment les deux journalistes.

— Bonjour Madame, répond Philomène avec son plus beau sourire, le chewing-gum collé derrière les dents. Nous sommes journalistes à Ouest-France et nous voudrions vous interviewer sur la cité d'Herbauges. Vous serait-il possible de nous recevoir quelques instants ?

Clémentine regarde Philomène avec des grands yeux, très étonnée qu'elle ait pu sortir une phrase aussi bien construite et cohérente.

— C'est comme vous voulez. Si vous voulez entendre des choses terribles, entrez et fermez la porte derrière vous, répond Lucette, retournant dans sa maison en raclant le sol avec ses sabots.

— Merci Madame, conclue Philomène avec un clin d'œil en direction de Clémentine.

La maison n'a qu'une seule pièce. Elle donne l'impression de retourner un siècle en arrière avec son sol en terre battue. La cheminée au fond, noircie par des milliers de feux, est en marche, un chaudron fumant suspendu au-dessus de l'âtre. Une table massive en chêne brut trône au milieu avec 4 chaises bringuebalantes. Un petit lit est coincé dans un angle. L'évier en grès sous la fenêtre contient un peu de vaisselle ébréchée. Une armoire massive constitue le meuble le plus important du logis. Elle doit contenir la totalité des biens de la vieille Lucette. Plusieurs poissons empaillés et poussiéreux décorent les murs. Des bougies éclairent lugubrement la pièce. L'odeur du bois brûlé prend la gorge dès que l'on entre.

— Madame, vous n'avez pas d'électricité ? Demande Philomène.

— Non.

— Et l'eau courante ?

— Le puits est suffisant.

— Et des cabinets ? Vous en avez ?

— J'ai un jardin et de beaux légumes.

— Et une douche ? Une baignoire ?

— Une bassine et une éponge suffisent. Taisez-vous maintenant. Je vous sers un verre et une tartine. Je sais recevoir quand on vient chez moi.

41

Philomène et Clémentine s'assoient près de la table. La vieille Lucette sort une bouteille contenant une anguille morte immergée dans le liquide. Elle verse la boisson verdâtre dans deux verres, très généreusement. Puis, toujours en silence, sous l'œil attentif des deux femmes, elle sort de son chaudron une purée de mogettes avec des petits morceaux de viande indéfinissables. Elle étale généreusement cette nourriture sur d'épaisses tartines d'un pain de 3 livres et sert les deux femmes en disant d'un ton péremptoire ne laissant aucune place à la contestation :

— On boit, on mange, après on parle.

— C'est quoi cette bestiole dans la bouteille ? Demande Philomène.

— Une anguille pêchée par mon arrière-arrière-grand-père. Dans le vin, elle se conserve, on fait le niveau régulièrement et on boit. C'est bon pour les reins.

— Et c'est quoi comme vin ?

— Recette familiale.

Philomène regarde Clémentine avec des grands yeux tout ronds, étonnée de voir sa chef commencer à boire.

— Et c'est quoi sur la tartine ?

— Recette familiale. Des mogettes, cuites avec des testicules de porc, de la cervelle d'agneau, des rognons de vache et du foie de génisse. Quand j'en trouve, je rajoute des yeux de sanglier, ça donne du liant.

Clémentine mange avec plaisir sa tartine. Philomène devient toute pâle dès la première bouchée.

— Vous ne mangez pas Madame Lucette ? Demande Philomène.

— Déjà fait, réplique la vieille dame en les regardant d'un sourire malicieux.

— C'est quoi cette histoire de monstre ? Demande Philomène.

— Tu finis ton verre, tu manges ta tartine et on parle après ! Assène Lucette en donnant un coup sec sur le sol avec sa canne.

Du coup, Philomène se tait. N'ayant pas voulu cracher son chewing-gum avant d'entrer, elle est contrainte de l'avaler, Lucette la regardant fixement. Elle mange doucement sa tartine, très doucement, mâchant le moins possible et avalant de gros morceaux au risque de s'étouffer. Alors que Clémentine a terminé sans difficulté son verre et sa tartine, Philomène est à la peine. Dans un silence religieux, les deux femmes la regardent sans parler. On entend seulement le feu crépiter dans la cheminée et la déglutition laborieuse de Philomène. Après un long moment et être passée par diverses couleurs, du rouge vif au blanc/vert, elle termine sa dernière bouchée dans un immense soupir de soulagement.

— Une autre tartine ? Un autre verre ?
Propose Lucette.

— Non merci, sans façon. Je n'ai pas
l'habitude de manger et boire autant le matin.
Et si on parlait du monstre ?

— Il est sorti.

— Il vient d'où ?

— Sous l'église.

— Mais quelle église ?

— L'église d'Herbauges bien sûr !

— Mais c'est une légende, la cité
d'Herbauges !

— Toutes les légendes ont une part de
vérité et toute vérité peut devenir une légende.

— Ah oui ?

— Oui.

Philomène est un peu perdue par les réponses de Lucette. Clémentine garde le silence, imperturbable. Elle laisse sa jeune stagiaire se débrouiller avec un malin plaisir.

— Il est comment le monstre ?

— Méchant.

— C'est tout ?

— Pas vu.

— Et comment vous savez tout ça ?

— Mes parents m'ont raconté, leurs
parents leur avaient raconté avant, de génération en génération.

— Et la légende d'Herbauges, vous
pouvez me la dire ?

— Il y a longtemps, très longtemps car je n'étais même pas née, au milieu du lac, quand il n'y avait pas d'eau, une cité prospère était établie. Saint Martin est venu, le lac l'a engloutie et tout le monde est mort.

— Que c'est triste. C'est tout ?

— Oui et je suis fatiguée. Il faut que je dorme, je suis vieille. Revenez demain matin, je vous dirai la suite. Au revoir.

Lucette se lève et se dirige vers la porte, l'ouvre et les mets dehors manu militari. Les deux femmes n'ont d'autre solution que de la quitter, non sans l'avoir remerciée pour son hospitalité. Clémentine lui confirme qu'elle reviendra le lendemain sans faute.

Après quelques kilomètres, Clémentine est obligée d'arrêter la voiture pour permettre à Philomène d'évacuer son en-cas au bord de la route. Rentrant dans la voiture après avoir vidé son estomac, elle explique :

— Il faudrait que j'aille chez le médecin. Je ne pourrai pas t'accompagner chez la vieille demain, trop horrible. Elle est de tout façon trop chelou. On peut rien en tirer. Non mais t'as vu, elle vit encore au moyen-âge. Jamais vu ça.

"Ça va me faire des vacances de ne pas te voir", pense Clémentine.

Chapitre 16

Le Lendemain matin, Clémentine retourne à Passay. Elle sonne à la maison voisine de la masure de Lucette, une coquette maison, bien entretenue. Lucette lui ouvre la porte et l'accueille avec un grand sourire.

— Ma petite Clémentine, ça fait plaisir de te revoir. Qu'est-ce que j'ai ri hier après votre départ. J'ai ri, comme dans mon jeune temps. Merci d'avoir amené ta greluche.

— C'est à moi de te remercier, grand-mère. Elle avait besoin d'une petite leçon de savoir vivre. Je t'ai trouvée magnifique dans ton rôle de vieille sorcière acariâtre.

— On mange, on boit et on parle après, dit Lucette en prenant une grosse voix et en tapant avec sa cane sur le sol.

Et elle éclate de rire.

— J'avais préparé des mogettes comme tu les aimais dans ton enfance, dilué le vin avec un peu de pastis et mis une anguille en plastique du plus bel effet. Il faudra que je remette cette vieille maison en état si je veux la louer, mais il y a tout à faire. J'en parlerai à Anselme. Ta Philomène a été très courageuse d'avoir mangé sa tartine et bu ce liquide verdâtre, moi je l'aurais jamais fait.

— Oui mais toi, tu n'as pas le même caractère.

— Pour en revenir à cette histoire, il faut prendre cela très au sérieux. Le fils d'Anselme est mort et l'autopsie va probablement confirmer mon histoire de monstre. On n'a pas fini d'en entendre parler…

— Raconte-moi ce que tu sais.

— Pas grand-chose en fait, l'histoire s'est diluée dans le temps. Mais il y a une prophétie qui reste enracinée dans les mémoires : « Herbauges reviendra lorsque le diable boira le lac ». C'est vague mais on peut penser que le monstre est le diable. Après, comment va-t-il boire le lac ? Mystère.

— En tout cas, tu me donnes de quoi faire un article. Je vais voir le commandant de gendarmerie tout à l'heure. Je récupérerai Philomène ensuite. Ta farce l'a mise KO. Bises grand-mère.

— Bises ma Clémentine. Fait attention à toi.

Elle se lève, prend un air sévère et proclame de sa voix basse et rauque en tapant le sol avec sa cane :

— On mange, on boit et on parle après...

Et elle éclate de rire.

Chapitre 17

Dans la gendarmerie de Saint Philbert de Grand-Lieu, le calme règne. Le bâtiment est moderne, situé un peu en dehors du centre bourg. Hormis les chiens qui aboient dans le chenil, le lieu est calme. Il n'y a qu'une personne à l'accueil.

— Bonjour, Clémentine Chanterelle, journaliste à Ouest-France, j'ai téléphoné et pris rendez-vous avec le Commandant Bernard Bellebrute. Il m'attend, explique Clémentine à la réceptionniste.

— Je vais voir si notre beau BB, on l'appelle comme ça ici, veut bien vous recevoir, répond-elle avec un grand sourire et un clin d'œil. Il est très occupé avec le meurtre vous savez. On n'a pas beaucoup de meurtre dans le coin, alors un décapité de la tête, vous pensez bien. Du coup, tout le monde veut lui parler. Je vous fais patienter.

Deux minutes plus tard, le commandant sort de son bureau. Il a belle allure avec son uniforme et sa grosse moustache. Charmé par Clémentine lors de sa rencontre au bord du lac, il en a même rêvé la nuit dernière. Et la voilà qui vient à son bureau ! Trop de chance. Avec un grand sourire, il se présente en lissant sa moustache :

— Commandant Bellebrute, à votre service.

— Commandant, quel immense plaisir de vous revoir, minaude Clémentine. Je suis mandatée par le journal Ouest-France pour relater tout ce qui a trait au meurtre de Passay. Merci infiniment de me recevoir.

Et elle papillonne des cils pour achever le commandant. Après un court silence, il reprend ses esprits et arrive à dire :

— Bien, bon, voilà, d'accord, c'est cela, donc, nous allons dans mon bureau, je vous suis, non, vous précède, bon, suivez-moi, bredouille-t-il.

— Merci commandant.

La pièce est très banale, un bureau au centre et des étagères encombrées de dossiers, un ordinateur, une imprimante et une photo de chien sur le bureau, seul élément personnel.

— C'est votre chien ? Demande Clémentine, soucieuse de créer un lien intime avec le gendarme.

— Oui, mon chien de chasse, un superbe setter anglais.

— Il est magnifique, comment s'appelle-t-il ?

— Sauvage. Il a 3 ans.

— On voit que vous êtes un homme de cœur pour apprécier les animaux. Moi aussi, j'adore les animaux. Je suis vraiment désolée de vous déranger, mais mes lecteurs souhaiteraient en savoir plus sur le meurtre.

— Mademoiselle Chanterelle, je crois que je vais vous faire plaisir. J'ai des éléments nouveaux qui me sont parvenus du médecin légiste, attestant la thèse d'un animal meurtrier dans le lac.

— Je vous écoute, répond Clémentine en sortant son calepin.

— Le médecin légiste a confirmé la mort par décapitation du pêcheur, Sébastien Blanchard.

— A priori, il n'y a pas besoin d'être médecin pour faire ce diagnostic !

— Je suis d'accord avec vous, reprend Bertrand Bellebrute qui ne relève pas le trait d'humour de Clémentine. Mais cette décapitation a été faite d'un coup sec, comme si des dents avaient été à l'origine de ce meurtre. Le médecin a fait des analyses ADN sur le cou du mort. Nous venons d'avoir le résultat.

— Vous m'impressionnez Commandant. Vous êtes redoutablement efficace.

— J'essaye. L'analyse a montré la présence d'ADN.

— Vous devenez passionnant ! Ce n'est pas de l'ADN du mort au moins ?

— Non, c'est l'ADN d'un animal du lac, de l'ADN d'anguille !

— D'anguille ? Mais, il pêche des anguilles, c'est normal !

— Non, pas sur une plaie franche et il n'y avait pas d'anguille dans son bateau.

— Une anguille aurait décapité ce pêcheur ?

— Autre fait troublant, un sanglier, le même matin, a été retrouvé dans le bois de Saint Aignan de Grand-Lieu, coupé en deux par le milieu, un mâle d'environ 120 kilos, avant découpe. J'ai eu l'intuition de le faire porter au médecin légiste.

— Vous êtes pleins de talents et d'initiatives mon cher Commandant, ose Clémentine, n'hésitant pas à passer un peu plus de pommade à BB pour le garder sous son charme.

— J'essaye. Donc, il s'avère que sur ce sanglier coupé en deux par le monstre, on retrouve aussi de l'ADN d'anguille dans la plaie ! Il n'y a pas de doute, nous avons à faire face à la plus monstrueuse anguille tueuse du lac ! C'est énorme cette histoire !

— Effectivement, c'est énorme. Donc nous sommes confrontés à une bestiole géante qui décapite un homme et est capable de couper un sanglier en deux. On croirait un film de série B.

— Effectivement, mais n'allez pas parler à la veuve d'un film de série B, je doute qu'elle ait le sens de l'humour après le meurtre de son mari. Je vais devoir vous laisser, il faut justement que j'aille voir la veuve.

51

— A vos ordres mon Commandant. Je vous remercie pour tous ces renseignements.

— Mademoiselle, bredouille-t-il, si ce n'est trop demander, pourriez-vous me donner votre numéro de téléphone, au cas où je voudrais vous inviter, pardon, vous donner de nouveaux éléments ?

— Avec plaisir, commandant, répond Clémentine avec son plus beau sourire, le regard avenant et la poitrine bien en avant, aguicheuse à souhait.

BB rougit de plaisir en enfouissant prestement la carte de Clémentine dans sa poche.

Chapitre 18

Clémentine, de retour dans son bureau, tape "anguille" sur son moteur de recherche. Elle découvre la migration de ce poisson serpentiforme traversant l'Océan Atlantique à partir du lac de Grand-Lieu, plusieurs milliers de kilomètres, vers la mer des Sargasses, pour se reproduire à des profondeurs de plusieurs centaines de mètres. Sa progéniture traverse l'Atlantique dans l'autre sens et revient sous forme de larve, la civelle, avant de se retrouver sur le lieu de départ de son géniteur pour grandir et créer un nouveau cycle. L'anguille supporte l'eau douce, l'eau de mer et peut même survivre plusieurs heures en dehors de l'eau, une merveille de la nature. En revanche, pas d'anguille géante sur internet, la plus grande taille répertoriée étant de deux mètres. Elle n'imaginait pas le trajet fait par ce poisson à partir de la mer des Sargasses pour se retrouver dans son assiette alors qu'elle en mange depuis son enfance.

Philomène rentre dans son bureau.

— Salut Philo, la forme ? As-tu pris le temps de déjeuner ? Tu veux une tartine ? Se moque Clémentine.

— Pas faim. La vioque m'a cassée. Même pas envie d'un chewing-gum, tu te rends compte ?

— C'est la première bonne nouvelle du jour. As-tu écrit un article comme je te l'avais demandé ?

— Ouais, j'ai bossé grave. Tu veux le lire avant qu'il soit publié ?

— Avec plaisir. Sache qu'aucune publication ne doit être faite avant d'être relue et validée.

— Oui mais mon papa m'a dit que je peux faire ce que je veux, c'est bon pour moi de me sentir importante qu'il a dit.

— Peut-être, mais il faut quand même respecter les lecteurs. Montre-moi.

Philomène lui donne son article :

"Meurtre abominable à Passay.

Dans le tout petit village de Passay, un meurtre horrible et abominable a été commis. Sébastien Blanchard, pêcheur sur le lac de Grand-Lieu, a été retrouvé décapité avec les deux morceaux dans son bateau. On ne sait pas qui c'est qui a fait ça mais la police enquête.

L'hypothèse d'un monstre a été proposée par une très vieille dame qui vit dans une très vieille maison à Passay et qui mange des trucs étranges. La légende d'Herbauges dit que le monstre est sorti pour tuer tout le monde. On vous tiendra au courant de la suite de l'affaire. "

— C'est tout ? Demande Clémentine Chanterelle, surprise par la prose de Philomène.

— Ben oui, c'est énorme ce que j'ai fait, tu ne trouves pas ? Dis-moi Clémentine, quand on enterre un décapité, il faut deux cercueils ? Un petit et un grand ?

— Autant de cercueils que de morceaux, répond Clémentine, complètement ahurie par la bêtise de sa stagiaire.

— C'est bien ce que je pensais. C'est pas cool. Plus de boulot pour les pompes funèbres, et ça doit coûter plus cher... Conclue-t-elle pensivement.

— Regarde mon article plutôt que de rêvasser.

"Le Monstre du Lac de Grand-Lieu

Dans la tranquille bourgade de Passay, aux portes de Nantes, un pêcheur a été retrouvé dans son bateau, décapité. Il s'agit de Sébastien Blanchard, parti le matin même pour relever ses filets sur le lac de Grand-Lieu. Il a été découvert par son ami Georges Grondin (Gégé pour ses amis), qui rentrait au port. La gendarmerie a fait les premières constatations sur le port d'été du lac.

Notre victime était seule dans son bateau rempli de sang. Les premiers éléments du médecin légiste donnent à cette affaire extraordinaire une allure de fiction. La tête de Monsieur Blanchard a été coupée nette,

55

comme s'il s'agissait d'un coup de dent. L'analyse scientifique a mis en évidence de l'ADN d'anguille.

Fait troublant, le même jour, la moitié d'un sanglier a été retrouvée dans la forêt de Saint Aignan de Grand-Lieu au nord du lac. La coupe était franche et nette, comme pour Monsieur Blanchard. De l'ADN d'anguille a aussi été détecté sur le sanglier.

Tous ces éléments ont été confirmés par le Commandant de gendarmerie Bernard Bellebrute, qui enquête brillamment sur cette affaire. L'hypothèse d'un monstre sanguinaire se confirme. Nous sommes face à un phénomène inexpliqué.

Il existe une légende relatant l'existence d'une cité au fond du lac, la cité d'Herbauges engloutie par les eaux aux alentours du 6ème siècle. Cette cité se rappelle à notre souvenir car le 24 décembre à minuit, la cloche de son église sonne Noël au milieu du lac. D'après nos informations, le tremblement de terre d'il y a deux jours aurait déplacé une pierre de l'église d'Herbauges et libéré le monstre, probablement une sorte d'anguille géante, à l'origine du meurtre de Monsieur Blanchard. Il faut mettre la population en garde : attention au monstre du lac ! "

— Trop bien ton article, et il fait trop peur. Je reconnais que c'est un peu mieux que moi. Pourtant, j'ai beaucoup travaillé tu sais...

— Oui, je veux bien le croire, mais les années d'expériences font tout. Tu verras dans quelques années.

Elles sont interrompues par Ahmed, un jeune journaliste :

— Clémentine, un photographe pour toi, il dit qu'il a un scoop sur ton monstre.

— Merci Ahmed, fais-le entrer dans mon bureau.

Bastien Focal entre dans la pièce, grand et sec, en tenue de camouflage, les cheveux longs et hirsutes, le visage cuit par le soleil. Il se dirige vers Clémentine.

— J'ai l'image du monstre !

— L'image du monstre ? Expliquez-moi !

— Ce matin, je faisais des photos, au lever du jour près de l'observatoire ornithologique, pas très loin du port d'été de Passay, là où le meurtre a été découvert. Je photographiais un héron cendré essayant de manger un énorme sandre et...

— Et alors ? Demande Philomène, captivée par le récit.

— Alors, j'ai vu tout à coup les oiseaux s'envoler, comme s'ils étaient dérangés par quelque-chose.

— Et alors ?

— Alors, j'ai vu le monstre, énorme, noir, long, comme un serpent. Il est arrivé dans l'eau, doucement, il a levé la tête vers moi et a poussé un cri horrible. J'ai fait une photo, un peu floue car je tremblais un peu, l'émotion, vous comprenez, mais on voit bien le monstre, au milieu. Ensuite, il a fait demi-tour et il est parti très vite vers le lac, sans faire de bruit .

Il montre la photographie sur l'écran de son réflex. Effectivement, la photo est un peu floue, mais on voit nettement la forme du monstre au milieu. Clémentine sent venir en elle le titre de la première page du journal, en gros, avec la photo : le monstre du lac. Elle exulte intérieurement.

— Vous l'avez montrée au commandant Bellebrute de la gendarmerie de Saint Philbert de Grand-Lieu ? Demande Clémentine.

— Certainement pas. Il me l'aurait confisquée. Je veux vendre cette photo à un bon prix, répond Bastien Focal.

— C'est quoi pour vous un bon prix ?

— Au moins 10 000 € !

— Vous vous croyez où ? 100 €, ce serait déjà un très bon prix pour un cliché flou.

— 1 000 € et vous aurez l'exclusivité.

— 200 € et on en parle plus.

Après quelques minutes, le prix de 400 € est négocié.

— Si vous me faites une photographie nette, je pourrais peut-être vous en donner un meilleur prix Monsieur Focal.

— Je suis un amateur éclairé, et encore vivant. Je vais continuer à observer les animaux du lac, mais prudemment. Ce monstre est là, il est présent et va encore tuer.

Après le transfert de fichier, Bastien Focal repart. Clémentine est contente. Trop de chance. Elle appelle sa chef pour transmettre la photo et l'article. Demain, si tout le monde est d'accord, le monstre du lac fera la une du journal.

Chapitre 19

Le lendemain matin, le Commandant Bellebrute lit Ouest-France dans son bureau, admirant l'article de Clémentine Chanterelle. La photo floue du monstre fait la première page. Il est brutalement interrompu :

— Commandant, j'ai un jeune pêcheur qui souhaite te voir ! Il a vu le monstre !

La réceptionniste fait entrer dans son bureau un jeune pêcheur, d'à peine 16 ans, tenant dans sa main une canne à pêche brisée.

— Monsieur le gendarme, commence le jeune homme un peu embarrassé, je suis venu parce que j'ai vu un truc énorme dans l'eau, trop géant.

— Assieds-toi et raconte-moi tranquillement ce qui s'est passé.

Le jeune homme s'assoit et explique :

— Ce matin, je suis parti avec ma copine pour pêcher sur le bord de la Boulogne, à côté du pont de Saint Philbert, vous savez ? Elle est drôlement jolie Chloé. Donc, j'ai installé mon attirail de pêche et on a commencé à s'embrasser. Et puis, au bout d'un moment, mon bouchon s'est enfoncé dans l'eau. J'ai soulevé ma canne à pêche, ça tirait dur, c'est un gros poisson, que je me suis dit. Ça tirait tellement fort que Chloé a pris aussi ma canne à pleines mains et a tiré dessus, très fort en même temps que moi. C'était très très dur.

— Et alors ? Demande BB à moitié intéressé.

— Alors j'ai pêché le monstre dont on parle partout.

— Le monstre ?

— Oui, un truc énorme, comme une anguille. Tout noir et luisant. Il avait l'hameçon dans la gueule quand il est sorti de l'eau. Il est monté à plusieurs mètres de hauteur grand comme la tour Eiffel. Ma copine est partie en courant, elle a eu trop peur. Moi je suis resté car je voulais l'attraper mais il a ouvert sa gueule, s'est penché vers moi et a cassé ma canne à pêche avant de repartir en amont de la rivière. Dites Monsieur, qui c'est qui va me payer ma canne ? Je voudrais porter plainte pour destruction de matériel.

— Tu as déjà vu la tour Eiffel ?

— Non mais il paraît que c'est très très grand !

— Je pense que tu exagères un peu, mais ton témoignage est important. Il va falloir surveiller les rivières, l'Ognon et la Boulogne, en plus du lac.

— Et je fais quoi avec mes affaires cassées ?

— Un autre gendarme va recueillir ton histoire. Pour ta canne, tu t'en offriras une autre ou tu demanderas à ta copine de te faire un cadeau. Estime-toi heureux d'avoir encore la tête sur tes épaules.

— Oui mais, ma canne à pêche, quand-même !

Restant seul, Bernard Bellebrute récapitule les faits. Tous les éléments et les témoignages concordent. Le monstre a tué Sébastien Blanchard, tué un sanglier. Il a été photographié et fait la une de la première page de Ouest-France, photo un peu floue mais très parlante. Il a été vu par un jeune pêcheur et les analyses ADN concluent à une espèce d'anguille. Tout cela est très cohérent. Bon, maintenant, quelle est la procédure pour traquer un monstre tueur ? Il n'a pas reçu de formation sur ce sujet. Son cerveau mouline dur. Il marmonne sa conclusion :

— Le Préfet et le procureur, je les appelle, voilà ce qu'il faut faire, ensuite, j'invite la belle journaliste à dîner.

C'est la partie la plus difficile, il a toujours été très timide avec les femmes. Dès qu'il veut leur dire des mots doux, ils restent bloqués dans sa gorge, inhibé par un je ne sais quoi d'amour propre ou de bêtise, les deux à priori.

Il fait un premier numéro et obtient rapidement le procureur.

— Commandant Bellebrute, content de vous avoir au téléphone, lui répond Emile Poireau. J'ai vu la une du journal, belle affaire votre histoire. Vous avez bien travaillé !

— J'essaye, Monsieur le Procureur. Comme convenu, je vous tiens au courant de la suite du meurtre. Il s'agit vraiment d'un monstre à l'origine de l'étêtage, pardon, de la décapitation de Monsieur Blanchard.

— Bien bien, c'est une affaire rondement menée. Il faut attraper ce monstre maintenant. Comment allez-vous faire ?

— Je ne sais pas encore. Il semble énorme. Je vais contacter le Préfet pour qu'il me donne les moyens de le tuer. Qu'en pensez-vous ?

— Très bonne idée. Je vous fais toute confiance. Tenez-moi au courant des traques prévues. Je veux être là pour la mise à mort. N'oubliez pas, votre promotion en dépend.

— Merci Monsieur le Procureur. Mes respects Monsieur le Procureur.

— À bientôt commandant, à très bientôt.

BB raccroche, satisfait de la conversation. Il reprend tout de suite le combiné pour joindre la préfecture de Nantes. Après être passé par plusieurs interlocuteurs, il peut enfin parler au Préfet.

— Bonjour Monsieur le Préfet Chassdo. Mes respects Monsieur le Préfet. Commandant Bellebrute, de Saint Philbert de Grand-Lieu. Je suis responsable de l'enquête concernant la mort par été, non, décapitation de Monsieur Sébastien Blanchard, pêcheur sur le lac de Grand-Lieu, lance-t-il d'une traite.

— Bonjour Commandant Bellebrute. Figurez-vous que je me tiens au courant de votre enquête avec beaucoup d'intérêt. J'ai lu le journal ce matin. Vous avez fait du bon travail.

— J'essaye, Monsieur le Préfet.

— Dites-moi, que prévoyez-vous pour la suite ?

— Il faut traquer le monstre et le tuer.

— Vous êtes vraiment sûr qu'il s'agit d'un monstre, d'un vrai monstre ?

— Sûr, Monsieur le Préfet, tous les témoignages et les preuves concordent. Il s'agit d'une espèce d'anguille géante sortie des entrailles de la terre qui sème la terreur dans la région.

— Vous n'exagérez pas un peu ?

— Non, je n'exagère pas. Il y a déjà un mort et je n'en veux pas d'autres. Il me faut des moyens pour traquer cette bête.

— Vous êtes sûr que nous n'allons pas nous couvrir de ridicule ?

— Je ne veux pas d'autres morts. Pouvez-vous faire venir un escadron de gendarmerie maritime ?

— Je vais voir ce que je peux faire, répond aimablement le Préfet Chassdo. Je vous tiens au courant, à bientôt Commandant.

— Mes respects Monsieur le Préfet Chassdo.

Chapitre 20

Anselme Blanchard prend son petit déjeuner. Il se sent bien seul depuis le départ de sa tendre Anémone. Il passe du temps dans la forêt dont il apprécie le calme et les échanges avec son arbre. Il donnait régulièrement des coups de main à son fils Sébastien qui a pris sa suite sur le lac de Grand-Lieu. Il le connaît par cœur, ayant navigué toute sa vie dessus, avec son père quand il était jeune, puis seul et enfin avec son fils. Il pense à tous ces évènements, étranges, surprenants, à la prédiction de Lucette, sa vieille tante. Il se demande si elle ne perd pas un peu la boule mais les évènements semblent lui donner raison. Il touille son café machinalement, sans s'apercevoir qu'il est devenu froid. Le téléphone le fait sortir de ses pensées.

— Père Anselme, je suis très inquiète, lui dit Juliette au téléphone. Julien est introuvable. Il n'était pas dans son lit ce matin. J'ai téléphoné aux voisins et à ses amis, personne ne sait où il est.

— J'arrive ma bru, j'arrive.

Cinq minutes plus tard, Anselme entre chez sa belle-fille. Juliette est en robe de chambre, pas coiffée ni maquillée. Elle est affolée. Julien est introuvable. Elle l'a appelé pour le petit déjeuner comme tous les matins.

Ne le voyant pas descendre, elle est montée dans sa chambre et a découvert son absence. Elle a passé plusieurs coups de fils à droite et à gauche, personne ne l'a vu.

Il ne faut pas longtemps à Anselme pour se rendre compte que Julien s'est habillé et qu'il a pris ses bottes. Il vérifie si le fusil de son fils est encore là. Disparu !

— Père Anselme, avez-vous une idée ? Où pourrait-être Julien ?

— Avec ces histoires de monstre, j'espère qu'il n'est pas parti sur le lac pour le tuer avec le fusil de son père, mais c'est l'hypothèse la plus probable.

— Oh, mon Dieu, Julien est seul sur le lac avec ce monstre ! C'en est trop pour moi, je vais m'évanouir.

— Fais comme tu veux mais je n'ai pas le temps de m'occuper de toi. Je vais chercher Julien.

— D'accord Père Anselme, merci, merci infiniment. J'appelle les gendarmes ?

— Bonne idée Juliette, très bonne idée. Je file.

Anselme Blanchard claque la porte et court chez lui chercher sa carabine. Gros calibre pour grosse pièce, se dit-il. Il s'habille chaudement et file au port. Il a vu juste, le bateau de son fils n'est plus là. Prestement, il pousse dans l'eau la plate de Gégé qui semble l'attendre et se dirige vers les Boucherons, là ou Gégé a retrouvé son fils mort. Julien a entendu toutes les histoires et veut certainement tuer le monstre. Le lac n'est pas encore monté avec les pluies d'automne et le vent est faible.

Anselme n'a pas de moteur, il pousse le bateau lentement avec sa perche. Après une demi-heure, ses efforts sont récompensés, il aperçoit le bateau de son fils avec dessus une silhouette qui se précise au fur et à mesure de son avancée. Il s'agit bien de Julien qui hurle et crie en tapant dans l'eau avec un bâton :

— Monstre, méchant monstre, pourquoi tu as tué mon papa, viens ici, je vais de tuer, méchant monstre, vilain monstre, viens ici si t'as pas peur, viens me voir sale bête !

Il tape dans l'eau sans cesse en hurlant.

Anselme n'est plus qu'à 50 mètres de Sébastien lorsqu'il aperçoit une ombre noire glisser dans l'eau en direction du bateau. Lentement, le monstre sort sa tête de l'eau et se porte à 3 mètres au-dessus de Julien, le surplombant. Il bouge lentement de droite à gauche, ondulant en regardant fixement le garçon.

— Méchant monstre ! dit Julien dans une colère qui ignore la peur. Tu as tué mon papa ! Méchant monstre !

La bête ondule toujours au-dessus de lui, comme si elle réfléchissait au sort de ce petit homme. Le manger ou ne pas le manger ?

Julien prend le fusil de son père. Il n'a jamais tiré mais il l'a vu faire plein de fois à la chasse. Il vise la tête du monstre et tire.

Il n'a pas anticipé le recul du fusil. Le coup part, Julien tombe en arrière sur ses fesses, sonné par le bruit. Raté. Le monstre n'a pas accusé le coup. Julien reprend ses esprits, récupère le fusil et s'apprête à tirer son deuxième coup. C'est alors que le monstre plonge brusquement et s'éloigne du bateau.

— Peureux ! Crie-t-il, t'es qu'un lâche, t'as peur de moi, t'es un minable !

Julien aperçoit alors son grand-père qui vise le monstre, mais ne tire pas, craignant de blesser son petit-fils. Baissant son fusil, Anselme reprend sa perche et s'approche de l'autre bateau, soulagé de voir son petit-fils en bonne santé.

Il ne remarque pas le monstre qui revient par l'est, caché par la lumière du soleil. Au dernier moment, il aperçoit l'ombre noire qui glisse sous son bateau, le soulève et le renverse, le faisant tomber dans l'eau.

L'anguille géante sort sa tête de l'eau et regarde Anselme nageant vers son petit-fils. Elle s'interpose entre eux, semblant les narguer. Julien lève à nouveau son fusil mais le monstre donne un coup de queue dans le bateau faisant tomber le garçon dans le fond.

Anselme nage du mieux possible vers le bateau de Julien en essayant de contourner le monstre. Il a pied au bout de ses bottes, pas de noyade possible. Le monstre revient vers lui, la gueule grande ouverte et, après avoir émis un horrible cri en écartant ses nageoires latérales, il plonge dans l'eau et s'éloigne rapidement, les épargnant.

Julien tend une perche à son grand-père pour l'aider à monter sur son bateau.

— C'est un trouillard ce monstre, dit Julien, il a eu peur de nous.

— Julien, regarde-moi, je ne sais pas ce qui t'a pris, mais ce que tu as fait, c'est très dangereux. Tu aurais pu mourir.

— C'est un trouillard, un trouillard, continue Julien en pleurant et en serrant son grand-père très fort. Un trouillard.

— C'est surtout un meurtrier, ne l'oublie pas. Tu ne dois pas mourir mon bonhomme. Pas toi. Tu es fou de vouloir le tuer tout seul ! Je te promets, on va tout faire pour le tuer, mais tu es trop petit, laisse-nous faire, nous les grands.

— C'est un trouillard, un trouillard, je suis nul, j'ai même pas réussi à le tuer.

Julien pleure à gros sanglots, inconsolable.

Un bruit de moteur. Un bateau s'approche rapidement. Peut-être que l'anguille géante a eu peur de cette embarcation. Rapidement, Julien et Anselme sont pris en charge par des gendarmes qui les ramènent au port de Passay. Juliette les attend sur le bord de l'eau dans une inquiétude folle.

En les voyant arriver, elle oublie qu'elle devait perdre connaissance et se précipite pour serrer son petit garçon dans ses bras.

Chapitre 21

Bernard Bellebrute est assis dans son bureau. Cela fait trois fois qu'il décroche et raccroche son téléphone, sans faire de numéro. Il soupire lourdement et compose un numéro de téléphone. Il n'attend pas longtemps.

— Clémentine Chanterelle, journaliste du journal Ouest-France, je vous écoute.

— Bon bon bonjour, bredouille Bernard Bellebrute, c'est Bernard, pardon, Commandant Bellebrute, le Commandant de gendarmerie de Saint Philbert de Grand-Lieu.

— Commandant Bellebrute, quelle bonne surprise. Je suis heureuse de vous entendre, lui répond Clémentine. Avez-vous des informations nouvelles à me proposer ? Vous devez travailler dur en ce moment.

— J'essaye. Mademoiselle, je sais que c'est un peu vacalier, non, cavalier de ma part mais, hum hum, pourriez-vous m'inviter à dîner ce soir ?

— Vous inviter ?

— Non, j'ai mal dit, pourriez-vous venir dîner ce soir, avec moi, je vous invite.

— J'accepte avec plaisir. C'est trop gentil de votre part, vraiment très délicat.

— J'essaye.

— Vous essayez quoi ?

— Ben quoi, j'essaye toujours, délicat, bien sûr. Bon, à ce soir. Bonne fournée.

Et il raccroche, satisfait de son coup de fil. Super ce soir, il dîne avec une jolie, très jolie fille. Il va lui proposer le restaurant des pêcheurs à Passay, très bonne idée ce restaurant, très local, d'actualité, mais…. Il ne lui a pas dit à quelle heure ni où… Il faut la rappeler. Merde. Il refait le numéro de Clémentine.

— Clémentine Chanterelle, journaliste du journal Ouest-France, je vous écoute.

— 20 heures au restaurant des pêcheurs à Passay. Ça ira ?

— Parfait Commandant, pouffe doucement Clémentine. A ce soir.

— C'est ça, à ce boire. Bonne tournée.

Il marmonne dans sa moustache :

— Ouf, c'est fait. Toujours difficile de téléphoner à une fille. Bon, c'est l'heure de la réunion avec la gendarmerie maritime venue en renfort pour traquer le monstre, j'y vais.

Chapitre 22

Dans la salle de réunion, le représentant du Préfet, Monsieur Jean-Edouard Jolicoeur, est assis au centre entouré du commandant Bernard Bellebrute, du garde-chasse du lac de Grand-Lieu Monsieur Gédéon Bourru et du Capitaine Augustin Pivert de la gendarmerie fluviale.

— Messieurs, commence BB, nous avons un gros problème. Et quand je dis gros, il s'agit d'un monstre. Nous avons affaire à un véritable monstre meurtrier et il est impératif de s'en débarrasser.

— Merci de cette introduction pertinente commandant Bellebrute, dit Monsieur Jolicoeur. Pouvez-vous nous donner plus d'éléments sur sa nature ?

— Il s'agit d'une espèce d'anguille géante, de plusieurs mètres de long et qui peut étêter, non, décapiter un homme sans problème, ou couper un sanglier en deux. Il se promène dans le lac et remonte les rivières, l'Ognon ou la Boulogne, ce sont les deux rivières qui alimentent le lac. L'étendue à surveiller est importante et les moyens pour le tuer devront être conséquents.

— Faut-il prévoir un missile atomique ? Plaisante Monsieur Jolicoeur. Je n'ai jamais entendu de pareils faits dans le monde.

— Les monstres ont existé dans la période Jurassique, réplique le Capitaine Pivert, et à notre époque, on parle encore du yéti ainsi que du monstre du Loch-Ness. Il existe encore des calmars géants dans le fond des mers alors, pourquoi pas dans ce lac.

— D'accord pour ces légendes. Mais revenons sur terre ou plutôt dans l'eau, dit Monsieur Jolicoeur. Qu'en pense le garde-chasse ?

— Cela fait trente ans que je parcours le lac en long, en large, en travers et dans tous les sens, dit le garde Bourru, mais jamais, au grand jamais je n'ai vu un animal de la taille de ce que vous causez. J'y étais encore au jour d'aujourd'hui et je peux vous dire que tout y était normal.

— Merci Monsieur Bourru. En pratique, parce qu'il faut être pratique, de combien de personnes voulez-vous disposer et de quel matériel, demande le Capitaine Pivert.

Ils sont interrompus par des coups frappés à la porte.

— Entrez, ordonne le Commandant Bellebrute.

La réceptionniste ouvre la porte et explique :

— J'ai un monsieur à la réception qui souhaite vous voir. C'est un grand chasseur et il dit qu'il voudrait tuer le monstre, mais tout seul, sans personne, juste pour sa gloire.

Ils se regardent, interloqués. Qu'est-ce que c'est que cet olibrius ?

— Faites entrer, propose Jean-Edouard Jolicoeur en haussant les épaules.

Un homme entre, massif, épais, grand, au moins deux mètres dix, habillé en treillis vert avec un chapeau de cow-boy à la main, les cheveux coupés en brosse, le menton carré. La pièce se rétrécie à son arrivée. S'arrêtant devant la porte d'entrée, il toise de haut ses interlocuteurs puis s'approche de la table et parle d'une voix forte comme s'il se présentait à une grande assemblée :

— Messieurs, je me présente, Louis-Charles-Marie de La Tartetatin, de la grande famille des Tartetatin, célèbre dans le monde entier pour sa fortune et ses exploits. Je suis, sans aucune fausse modestie, le plus grand chasseur du monde. Les 5 continents me connaissent. J'ai traqué des éléphants en furie, des buffles enragés, des tigres borgnes et un alligator albinos schizophrène. J'ai tué un ours blanc à mains nues, étranglé un boa constrictor et survécu à des dizaines de morsures de serpents.

Soulevant sa chemise, il montre sa peau constellée de cicatrices et reprend :

— Regardez ces cicatrices. La journée ne serait pas assez longue pour vous raconter mes exploits. Plusieurs médecins m'ont laissé pour mort mais je suis plus fort que la mort !

Bref, pour résumer, rien ne me fait peur. J'ai vu et lu ce qui a été dit sur le monstre du lac de Grand-Lieu et je viens vous sauver. Je suis venu vous dire que je vais tuer ce monstre. Merci de me donner votre accord. Cette formalité ennuyeuse devrait être inutile pour moi, bien sûr.

Il prend une chaise et s'assoit, attendant la réponse du groupe, regardant lentement chaque interlocuteur droit dans les yeux dans un silence total. Après deux bonnes minutes, Monsieur Jolicoeur, embarrassé, s'exprime avec diplomatie :

— Hum hum. Merci de cette sympathique proposition Monsieur de La Tartatin…

— Tartetatin mon petit gars, Louis-Charles-Marie de La Tartetatin. N'écorchez pas mon nom sinon on finira par m'appeler Tartarin de Tarascon.

Et il rigole fort, très fort, content de sa bonne blague.

— Donc, Monsieur Tartetatin, reprend Monsieur Jolicoeur…

— De La Tartetatin !

— D'accord, donc Monsieur, nous vous remercions de votre proposition. Vous n'avez pas été au préalable invité à cette réunion. Je vous demanderai de bien vouloir attendre à l'entrée et nous vous tiendrons informé de notre décision.

— J'espère qu'elle sera positive messieurs, ce monstre est à moi, à moi seul ! Je le veux et je l'aurai !

Il se lève brutalement et sort, laissant la porte ouverte. Bernard Bellebrute, agacé, va fermer la porte et se rassoit.

— Messieurs, que pensez-vous de cet homme ? Demande BB.

— Je le connais, répond Monsieur Bourru, c'est une brute, un viandard, il tue pour son plaisir. Il est ingérable. Il raconte n'importe quoi. Je ne sais même pas ce que c'est un alligator albinos schizophrène.

— Donc votre avis est défavorable ?

— Totalement défavorable.

— Monsieur Jolicoeur, votre avis ?

— Bien qu'à la première impression, son abord soit désagréable du fait de sa forte personnalité et de son mode de présentation, s'il peut nous débarrasser à moindre frais de cette bestiole, je me fiche royalement qu'il en retire une gloire, l'important étant la santé de nos concitoyens. Capitaine Pivert, qu'en pensez-vous ?

— Je n'aime pas ce genre de mercenaire, avis totalement défavorable.

— Moi non plus, réplique le Commandant Bellebrute. Avec trois avis défavorables contre un, nous devons l'évincer. Monsieur Jolicoeur, vous avez le sens de la diplomatie aussi je vous laisse le soin de lui annoncer notre décision.

— Merci du cadeau, soupire Monsieur Jolicoeur en se levant de sa chaise.

Quelques instants plus tard, les trois hommes entendent des hurlements venant de la réception. Manifestement, Louis-Charles-Marie de La Tartetatin ne s'attendait pas à un refus et l'exprime bruyamment. Monsieur Jolicoeur revient quelques instants plus tard, les habits en désordre et les cheveux ébouriffés. Il dit en s'asseyant :

— La diplomatie est une science inexacte et ne marche pas avec tout le monde. Passons sur cet épisode désagréable et avançons un peu notre réunion. Espérons ne pas être de nouveau dérangés. Bon, Monsieur Pivert, comment voyez-vous la solution ?

— Nous allons prévoir 20 gendarmes, 4 aéroglisseurs, Chaque gendarme sera équipé d'un fusil d'assaut et nous allons sillonner les lieux jusqu'à destruction de la bête. Nous serons épaulés par des drones pour la surveillance des alentours.

— A vous entendre, cela a l'air simple, réplique BB.

— Ce n'est qu'une bête, son intelligence est forcément limitée. On trouve, on encercle, on tue et on rapporte.

— Ça me plaît, dit Monsieur Bourru, c'est simple, clair et efficace. Je vais vous décrire les lieux et vous accompagner. On s'y met quand ?

— Demain matin. A 8 h, au lever du soleil.

Il est 16 heures, le commandant Bellebrute est plongé dans ses dossiers lorsque la réceptionniste lui passe une communication. Une urgence, encore. Une plate sur le lac de Grand-Lieu, celle de Gégé, retrouvée avec une paire de jambes. Il manque le reste du bonhomme. Le garde-chasse Bourru a découvert le bateau de Georges Grondin en faisant sa tournée sur le lac.

Bernard Bellebrute a l'impression de se retrouver quelques jours en arrière au port d'été. Il y a déjà du monde dont la veuve de Georges, un petit bout de bonne femme, toute menue et déjà ridée par le soleil. La plate contient ses deux jambes, coupées nettes sous les genoux. Il y a beaucoup moins de sang que dans le bateau de Sébastien. L'identification des restes du mort est rapide grâce à un énorme grain de beauté sur la jambe droite, dont l'aspect en forme de poire est reconnu formellement par sa femme.

La police scientifique arrive peu après. Le Commandant Bellebrute sait bien ce qu'il en ressortira, le monstre a encore sévi. C'est quand même étrange cette mise en scène. Il aurait pu tout dégommer, bouffer entièrement le gars et faire couler la plate mais, comme pour Sébastien, le bateau est indemne et on retrouve des restes comme s'il voulait qu'on lui impute le crime. Il pense à Julien, ce courageux petit bonhomme qui voulait tuer le monstre. L'anguille géante aurait pu le tuer avec son grand-père mais il n'en a rien fait. Bernard garde cela dans un coin de sa tête. Il en parlera ce soir avec Clémentine, sa journaliste préférée. Il a réservé une table discrète au fond du restaurant des pêcheurs. Il attend ce dîner avec impatience.

Chapitre 23

— Tu prépares tout pour ce soir, explique Louis-Charles-Marie de la Tartetatin à Alfred. Je veux être sur l'eau à 1 heure du matin. Je veux ce monstre et je l'aurai. Un bon monstre est un monstre mort. Je vais pêcher une anguille géante !

— Bien mon maître.

— Adoré, je te l'ai dit cent fois, adoré ! Gueule LCM.

— Bien mon maître adoré, reprend doucement et avec lassitude Alfred, le fidèle majordome habillé en livrée. Il a une tête de chien toute plissée, avec des poches géantes sous les yeux.

— Quels instruments de mort voulez-vous emporter ? demande-t-il.

— Ma carabine à éléphant, ma lance d'électrocution, ma machette pour couper sa tête, on ne sait jamais, quelques coutelas, des crochets, un filet et des bouts de viande pour appâter la bête.

— Le bateau rigide ou le zodiac ?

— Le zodiac avec le moteur électrique, il me faudra du silence pour entendre le monstre arriver. Tu mettras 4 détecteurs de mouvements autour. Tu me rajoutes le scooter sous-marin, on ne sait jamais.

— Puis-je vous faire remarquer, mon maître adoré, que vous n'aurez plus de place pour ramener le monstre.

— Je vais trainer le monstre quand il sera mort, ce sera ma gloire. Imagine mon bon Alfred, je tue la bestiole et je rentre auréolé de la notoriété de tueur de monstre. Je serai le plus grand, le plus beau, le plus fort, bref, the king. Personne, tu entends, personne ne contestera ma supériorité ! C'est normal, je suis moi. Bon, ce n'est pas tout, mais il faut que je me concentre. Tu prépares tout et je reviendrai ce soir. A plus tard Alfred.

— A tout à l'heure, mon maître adoré.

Chapitre 24

Il est 20 heures 30, la soirée est belle, la nuit tombe de bonne heure. Le vent est frais et discret lorsque Bernard Bellebrute arrive au restaurant des pêcheurs. Il est agacé par ce petit retard alors qu'il est toujours ponctuel mais il n'a pas pu se libérer plus vite avec cette histoire de jambes. Demain matin, 8 heures, la chasse au monstre commence, il faut organiser encore et encore. Le médecin légiste, la nouvelle veuve et sa famille, les coups de fil au procureur, au Préfet, le Capitaine Pivert et sa garnison qu'il faut loger, son chien qu'il faut nourrir, sans compter le train-train quotidien. Il a cru un moment que sa tête allait exploser. Organisation, compartimentation, déclassification, évacuation, heureusement, il a de l'ordre et de l'énergie pour tout cela. Sa future promotion le booste et il ressent une douce chaleur dans l'estomac lorsqu'il y pense, comme lorsqu'il pense à Clémentine Chanterelle, la belle journaliste. Lorsqu'il entre dans le restaurant, il la voit accoudée au bar, en train de discuter avec ce qui semble être le patron du restaurant, un verre à la main.

— Bonsoir Mademoiselle Chanterelle, commence BB en lui tendant la main, bonsoir tenancier.

— Bibi, mon gars, tu m'appelles Bibi et on sera copain, tout le monde m'appelle Bibi. Il parait que j'ai la même tête que Chéri Bibi du feuilleton de la télé dans les années 70. Tu regarderas si tu connais pas, c'était un vachement bon gars. Fatalitas ! Qu'il disait toujours.

Et il part dans un immense éclat de rire.

— Bonsoir Commandant, répond Clémentine avec un grand sourire, penchant un peu la tête vers le bas en battant des cils, arme infaillible pour harponner les hommes, même si elle trouve que cela donne un air un peu trop aguicheur.

— Commandant de quoi ? Demande Bibi.

— De la gendarmerie de Saint Philbert de Grand-Lieu.

— Mazette, tu pêches du gros gibier Clémentine ! Alors l'amoureux, reprend Bibi dans un grand rire tonitruant, en retard pour ton premier rendez-vous ? J'ai servi un petit jus à Clémentine et c'est moi qui offre, pareil pour toi.

Et il verse, sans lui demander, un grand verre de whisky sous le regard effaré de Bernard qui souhaitait justement garder les idées claires. Manifestement, pas question de refuser quoi que ce soit à ce patron jovial à tête de bagnard.

— Bon c'est pas tout, mais il faut que je retourne en cuisine. Zezette, ma fille, tu vas les installer et je vous rejoins dans un instant. Je ne veux pas m'imposer mais je veux trinquer avec vous quand même.

Zezette, une jeune fille de presque 16 ans un peu godiche, les cheveux frisés de plusieurs couleurs et les dents du haut bien en avant, les conduit à leur table, dans la salle du haut, à côté du superbe aquarium contenant des écrevisses ainsi que des brochets et des sandres nageant tranquillement. La salle est décorée avec goût et rappelle la pêche sur le lac de Grand-Lieu. Ils sont seuls.

— Ce n'est pas la foule des grands jours, dit Bernard.

— On est en semaine, c'est surtout le midi qu'ils travaillent. Je pense que nous aurons le privilège de la grande salle pour nous tous seuls, il y a une autre salle derrière le bar.

— Pourquoi ce privilège ?

— Vous allez vite le savoir, Bibi arrive.

Effectivement, le cuisinier arrive avec une bouteille et un verre supplémentaire. Il prend une chaise et s'assoit à leur table.

— Juste un instant, j'ai à faire mais c'est pas souvent que je vois ma petite sœur et encore moins qu'elle emmène un copain dans mon restaurant.

— Vous êtes donc le frère de Mademoiselle Chanterelle ?

— Ben oui ! Puisque c'est ma sœur, répond Bibi en éclatant d'un rire sonore qui résonne dans la pièce presque vide. Si tu souhaitais inviter ma sœur en toute discrétion, t'as tout raté en choisissant mon restaurant. Tout Passay va être au courant. Et il rit de plus belle.

— Mademoiselle Chanterelle, je crois que j'ai raté un épisode, expliquez-moi.

— Je suis native de Passay, toute ma famille habite à Passay et aux alentours, mes parents, ma grand-mère, mes frères et sœurs, c'est pourquoi je suis la mieux placée pour enquêter sur le meurtre.

— Les meurtres.

— Les meurtres ? Il y a eu d'autres meurtres ?

— Oui hélas, Georges Grondin, l'ami de Sébastien Blanchard est mort. On a retrouvé uniquement ses deux jambes, coupées nettes sous les genoux, au fond de son bateau. Le reste du corps a disparu.

— Nom de Dieu de Bordel de merde, dit Bibi en se frottant le visage des deux mains, deux pêcheurs tués en quelques jours.

Il est devenu tout pâle, se sert un verre et boit cul sec avant de reprendre doucement des couleurs. Clémentine est encore sous le choc de cette annonce.

— Vous pouvez nous expliquer ? Demande Clémentine.

— Aujourd'hui, Georges Grondin, surnommé Gégé, n'est pas rentré de sa tournée. Le garde-chasse Bourru a retrouvé son bateau, au milieu du lac, avec seulement ses deux jambes formellement identifiées par sa veuve.

— Bordel de merde, réplique Bibi, putain de bordel de merde, il commence à nous faire chier ce monstre à la con. Il va falloir qu'il tue tous les pêcheurs avant que la maréchaussée ne s'active ? Dis-moi le commandant, quand est-ce que tu nous le tues ?

— Demain, 8 heures, l'escadron du Capitaine Pivert sort sur le lac avec 4 hydroglisseurs et suffisamment de munitions pour tuer un régiment. Demain, il sera mort.

— Et on mettra sa tête empaillée dans mon établissement !

— Nous verrons si ce sera possible mais dans l'immédiat, sa mort est notre première préoccupation.

— Puis-je vous accompagner sur un bateau Commandant Bellebrute ? Demande Clémentine avec son plus beau sourire.

— Désolé mademoiselle mais c'est trop dangereux pour vous.

— Et l'exclusivité des premières photos ?

— Promis, vous aurez l'exclusivité.

— Vous êtes trop chou Bernard. Je peux vous appeler Bernard ?

— Si vous m'autorisez à vous appeler Clémentine, alors oui !

Bibi les regarde l'un et l'autre à tour de rôle, stupéfait de la tournure de la conversation. Il se sent de trop tout à coup.

— Bon, c'est pas que je m'ennuie les petits loulous, mais faut que je bosse si vous voulez bouffer. Allez, à tout à l'heure.

Et il s'éclipse dans sa cuisine.

— Excusez-moi, Bernard, mais je m'absente un instant, affaire féminine.

Elle s'éloigne d'un pas chaloupé vers les toilettes. Bernard reste seul dans la grande salle, fixant avec animosité son verre de whisky. Pas question de le boire, très important de garder les idées claires. Une idée, vite une idée, l'aquarium, et hop, le whisky dans l'aquarium, ni vu ni connu. Bibi, drôle de bonhomme sympathique, envahissant, mais il pousse un peu trop à la boisson. Clémentine revient :

— Vous ne vous êtes pas trop ennuyé en mon absence ?

— Non non, j'admire l'aquarium, il est vraiment magnifique.

— Mais que font les poissons ?

Effectivement les poissons prennent leur élan et foncent à toute allure vers les parois de l'aquarium, se cognent, s'assomment, récupèrent leurs esprits puis recommencent. Les écrevisses se sont regroupées dans un coin, montent les unes sur les autres, faisant un échafaudage, et sortent par le haut avant de tomber sur le sol. BB essaye de les remettre dans l'eau mais les écrevisses se mettent en position d'attaque, les pinces en avant et ne se laissent pas attraper. Elle se répandent dans le restaurant.

— Je vais chercher Bibi, il y a un problème.

— N'en faites rien, le problème c'est moi. J'ai versé le whisky dans l'eau des poissons. Manifestement, ils n'aiment pas l'alcool.

— Oh là là, Bibi ne va pas être content, cet aquarium c'est son bébé, il le bichonne tous les jours, faut pas lui dire, il va vous casser la gueule, il est très brutal quand il est en colère.

— Je lui offrirai des poissons tous neufs et des écrevisses. Désolé, c'est un cauchemar cette histoire. Il est vraiment violent votre frère ?

— Avec un couteau, oui. Pas un légume ne lui a survécu dans sa cuisine. Je vais le voir pour le calmer avant qu'il ne s'énerve.

— Je vais avec vous, pas question de me dégonfler devant le danger.

Ils se lèvent pour se diriger vers la cuisine. Bernard Bellebrute est effaré par l'agressivité des écrevisses. Deux d'entre-elles se sont accrochées au bas de son

90

pantalon. Il n'ose y toucher de peur de se faire pincer. Clémentine se met à quatre pattes pour les retirer.

Bibi arrive juste à ce moment-là avec un plat de cuisses de grenouilles au beurre aillé. Il découvre sa sœur aux pieds de BB, avec les écrevisses qui se baladent dans la pièce et les poissons qui se cognent dans l'aquarium.

— C'est pas vrai, encore un couillon qui a mis de l'alcool dans l'aquarium ! Hurle-t-il. C'est la troisième fois en un mois. Va vraiment falloir que je mettre un couvercle.

Bernard Bellebrute se liquéfie sur place, il bredouille :

— Dé dé désolé. Je n'ai pas fait exprès, enfin si, mais non, mais je ne voulais pas boire, enfin si, un peu, mais pas tout, trop, enfin trop, vous comprenez ?

Bibi s'approche de lui en silence en le fixant avec ses grands yeux ronds globuleux, puis, après un petit temps, il éclate de rire.

— Un timide ! Clémentine, il est trop mignon ton timide. Bernard c'est ça ? Mon Nanard, tu t'assoies et tu t'inquiètes de rien. C'est pas grave pour les poissons, ils auront goût de whisky et les écrevisses vont aller à la casserole tout de suite. Je vais vous les servir après les anguilles.

Clémentine se lève avec une écrevisse dans chaque main.

— Vous voyez Bernard, en les prenant derrière la tête, vous n'avez aucun risque de vous faire pincer. Vous voulez bien m'aider à les ramasser ?

Ils se retrouvent tous les trois à faire la chasse aux écrevisses. Bernard comprend vite la méthode mais se fait quand même pincer quand la dernière écrevisse se retrouve acculée dans un coin, prête à défendre chèrement sa vie.

Bibi veut faire goûter au " Nanard de Clémentine" les spécialités de son restaurant. Après les cuisses de grenouille, il lui sert de l'anguille grillée puis les écrevisses, le tout agrémenté d'un magnifique muscadet sur lie. Il poursuit avec un sandre au beurre blanc, spécialité du chef, fromage et des profiteroles au chocolat pour faire léger sur la fin. Clémentine a grignoté les plats, captivée par les récits de son convive. BB fait manifestement des efforts pour finir la totalité de ses plats sous la surveillance attentive de Bibi.

— T'as bon appétit mon gars, dit Bibi, ça fait plaisir à voir. Aller, on trinque au muscadet, c'est léger et ça glisse tout seul. T'évite de le mettre dans l'aquarium, ce serait du gâchis.

Et il éclate de rire, content de sa blague. Bernard a les joues écarlates. Il se sent ballonné et a déjà discrètement défait deux crans de sa ceinture. Il ne peut littéralement plus rien avaler.

C'est alors qu'une voix rauque se fait entendre à l'entrée du restaurant.

— Et alors, on peut pas avoir une tisane dans cette maison de fous ?

Clémentine se penche vers Bernard :

— C'est ma grand-mère, elle vient parfois voir Bibi le soir quand elle veut un peu de compagnie.

Bernard fait les yeux ronds en voyant Lucette avec sa tisane s'asseoir à leur table sans leur demander leur avis. Décidément, comme dîner tranquille, il est servi.

— Commandant Belleburne, content de te revoir, commence la vieille dame avec son sourire à une dent. Je passe par hasard et je vous trouve avec ma petite-fille pour un dîner en amoureux manifestement. J'ai eu aussi des dîner en amoureux avec feu mon futur mari, il y a longtemps, au début du siècle dernier, mais j'étais plus discrète. Je n'allais pas dans un restaurant de famille.

Et elle rit comme si c'était une bonne blague.

— Brute, pas Burne, mon nom est Bellebrute.

— Je sais, je sais mon grand mais c'est juste une petite blague pour détendre l'atmosphère. Tu sais, à mon âge, pardon, je peux te tutoyer sans que tu partes en courant j'espère ? Donc, tu sais, à mon âge, on peut se permettre des petites fantaisies pour rire, sinon, la vie serait bien triste. Par-contre, faut pas dire trop de conneries sinon on vous met à l'asile sous prétexte d'Azimeur.

— Alzheimer grand-mère, Alzheimer.

— Oui, comme tu dis, j'ai jamais su le dire, peut-être pas assez de mémoire, mais t'inquiète pas, la Lucette ne part pas en sucette !

Et elle rit de plus belle.

— Dis-moi, Commandant Brute, reprend Lucette en posant sa main sur celle de Bernard, t'en es où avec ce monstre ?

— Demain il sera mort, répond Bernard, à 8 heures, au lever du jour, l'escadron Pivert sera au port d'été avec quatre hydroglisseurs pour sillonner le lac et traquer la bête. Ils y passeront la journée si nécessaire, mais ils le tueront.

— À la bonne heure. Et tu fais quoi pour les cloches ?

— Les cloches ?

— Les cloches qui sonnent toutes les nuits à minuit depuis le tremblement de terre. Il serait peut-être opportun d'y aller pour voir !

— Vous avez raison, les cloches bien sûr, répond BB songeur, on ira voir quand le monstre sera mort, promis. C'est une bonne idée Madame Lucette.

— Ma grand-mère est une femme for-
midable, la tête sur les épaules et toujours
vive malgré ses 120 ans.

— T'es gentille de me rajeunir ma Clémentine, réplique Lucette, mais la flatterie
n'a pas de prise sur moi.

Et ils rient jusqu'à une heure tardive
aux blagues de Lucette. Bernard est charmé
par cette vieille dame qui semble rude au premier abord, mais se révèle pleine de finesse
et de gaieté.

Chapitre 25

Le Commandant Bernard Bellebrute dort mal, très mal, son ventre est ballonné, difficultés à digérer le dîner, trop riche, trop copieux, trop sympa. Il rêve ou cauchemarde, Bibi le poursuit avec un grand couteau de cuisine, il lui crie dessus « Mes écrevisses, mes poissons, assassin ! » et il lui plante son couteau dans le ventre d'où sortent des poissons, des grenouilles, des écrevisses et une gigantesque anguille qui lui explique tranquillement qu'elle va le dévorer. Il se réveille en nage, haletant, palpant son ventre intact.

Trop d'abus, impression de ne pas avoir dormi, dur pour la tête, boum boum, comme les poissons contre l'aquarium, Bibi et Lucette, sympas, mais pas d'intimité. Clémentine, qu'est-ce qu'elle est belle mais que va-t-elle penser de moi, obligée de me reconduire à mon domicile, et la journée qui va être chargée, compliquée. La liqueur d'amande était de trop. Dormir, demain on tue la bête. Dormir, dormir. Il ferme doucement les yeux, un peu calmé.

C'est alors que le téléphone sonne. Il prend la communication, la voix pâteuse :

— Commandant Belleburne à l'appareil.

— Bonjour, Commandant, dit le gendarme de garde, ici Blanchin, nous avons un problème avec le monstre. Il a coupé un bout de Monsieur Louis-Charles-Marie de la Tartetatin. Il a été sur le lac cette nuit pour le tuer et il a eu un problème. Les pompiers sont sur place et vous attendent au port de Passay.

— Nom de Dieu, quel con ! Tu réveilles Armand pour m'emmener. On ne sera pas trop de deux. Qu'il vienne me chercher dans 5 minutes.

Habillage rapide, deux aspirines et il se retrouve peu de temps après avec Armand au port de Passay. Il est 5 heures du matin. Les pompiers sont présents et l'attendent. Un homme est couché sur une civière, prêt à être évacué. Le SAMU est arrivé pour s'en occuper avant de l'emmener aux urgences.

Un pompier lui explique :

— Nous avons été appelé par son secrétaire qui l'attendait au bord de l'eau. Il a la jambe droite coupée nette au-dessus du genou. Le médecin le perfuse et il lui a injecté de la morphine.

— Il est hors de danger mais il l'a échappée belle, lui dit le médecin. Il faut qu'il soit opéré au CHU. Vous pouvez lui parler quelques instants si vous voulez avant son départ.

— Merci, répond BB.

Il monte dans l'ambulance. Louis-Charles-Marie de la Tartetatin est allongé, pâle, calme, avec un infirmier à son côté.

— Bonjour, je suis le Commandant Bellebrute, nous nous sommes rencontrés à la gendarmerie hier. Vous pouvez m'expliquer ce qu'il s'est passé ?

LCM écarte les paupières et entrevoit le gendarme. Il soulève la tête, se met sur ses coudes et répond d'une voix forte :

— Je l'ai vu, j'aurais dû le tuer, il est à moi, à moi !

— Oui mais encore, que faisiez-vous sur le lac à cette heure ?

— C'est votre faute, vous ne vouliez pas que je le tue. Alors, moi, Louis-Charles-Marie de la Tartetatin, j'ai décidé de m'affranchir de votre permission et je suis allé sur le lac, à une heure du matin. Oui Monsieur, tout seul, sur le lac avec le monstre car je n'ai peur de rien !

Il se rallonge et reprend :

— Je vais vous raconter ce qu'il s'est passé. Imaginez, la nuit est noire, la lune éclaire à peine la surface de l'eau. Je glisse sur le lac, GPS à la main et le sillonne avec mon bateau électrique, sans bruit, traquant le moindre mouvement sur l'eau. De temps en temps, je lance un morceau de viande pour attirer la bête, comme pour les alligators au Mexique. Les détecteurs de mouvement sonnent de temps en temps lorsqu'un poisson passe autour du bateau. Je les règle pour détecter un plus gros gibier. Une heure passe, deux heures passent, trois heures passent. Je suis un chasseur, je suis patient. Ce gibier est unique, je peux patienter encore et encore.

— Si vous en veniez au fait, demande Bernard.

— J'y arrive. Donc, malgré le manque de sommeil, je ne dors pas car un Tartetatin ne dort pas devant le danger. Soudain, un détecteur de présence sonne, fortement, gros gibier, il est là je le sens, il arrive. Je lance des morceaux de viande par-dessus bord. Je ne vois rien. Le deuxième puis le troisième et enfin le quatrième détecteur se mettent à sonner.

— Qu'est-ce que cela veut dire ?

— Je suis cerné, crie le blessé, il m'encercle. Je sors ma torche et éclaire autour du bateau, rien ! Une anguille noire dans une eau noire avec la nuit noire, je ne vois rien. Il a l'avantage sur moi. Soudain, un bruit derrière moi. Je me retourne et j'éclaire la tête de la bête qui sort de l'eau, hideuse. Je sens qu'elle est à moi, pour moi. Jamais vu un monstre pareil, trop beau pour être vrai. Je sors mon fusil et c'est alors que d'un coup de queue, le monstre renverse mon esquif. Je me retrouve dans l'eau froide, très froide mais j'avais mis une combinaison de plongée sous mes vêtements, je suis prévoyant. Je suis dans l'eau avec le monstre à côté. « Louis-Charles-Marie, tu dois fuir », me suis-je dit, « fuir avec les honneurs, c'est mieux que de mourir tout seul ». Il a l'avantage des éléments. Heureusement, j'étais accroché à mon scooter sous-marin électrique, un engin merveilleux qui m'a sauvé la vie. Je l'attrape, le démarre et m'éloigne silencieusement, telle la vipère glissant sur l'eau. Le monstre, voyant échapper sa proie se précipite sur moi et m'arrache ma jambe droite d'un coup net. Clac, sans bavure, du beau travail. Aussi surprenant que l'on puisse penser, je n'ai pas souffert sur le coup. J'arrête mon scooter, je passe ma main et ne trouve plus ma jambe. Je saigne. Je réfléchis, si je ne fais rien, je vais perdre tout mon sang et mourir. J'enlève ma ceinture et la serre autour de ma cuisse, le plus fort possible. C'est très efficace car je suis très fort. Heureusement, le monstre me laisse tranquille, il doit bouffer ma jambe. Je reprends mon scooter et avec mon GPS au poignet droit, je rentre, malheureusement bredouille, au port d'été où mon fidèle Alfred m'attendait. Il a appelé les pompiers et vous connaissez la suite.

Louis-Charles-Marie de la Tartetatin ferme les yeux, pâle et fatigué. Brutalement, il se relève et attrape le Commandant par le col de chemise :

— Il est à moi, à moi, il a pris ma jambe, il a une dette envers moi, personne ne doit le tuer, il est à moi !

Et il s'allonge à nouveau, exténué.

— Un gendarme viendra prendre votre déposition quand vous serez remis sur pied, lui dit le Commandant Bellebrute, pardon, un peu mieux. À très bientôt et bon courage.

Il laisse le blessé dans l'ambulance. Elle démarre et s'éloigne rapidement.

Chapitre 26

Il est huit heures, le jour se lève à peine. Une légère brume cache la surface de l'eau. Des colverts nagent bruyamment au bord du lac. Au loin, quelques hérons perchés sur des branches attendent l'arrivée du soleil pour partir à la pêche. Les quatre hydroglisseurs sont sur l'eau avec 5 gendarmes sur chacun d'eux. La feuille de route est donnée. Le garde-chasse Gédéon Bourru explique la configuration du lac, les marais, les douves, les endroits difficiles d'accès. Il va les accompagner sur un hydroglisseur et les guider de loin avec les talkies-walkies. Le lac est divisé schématiquement en 4 parties et deux des embarcations ont la charge supplémentaire de remonter la Boulogne et l'Ognon.

Le Commandant Bellebrute a la tête des mauvais jours. Il a eu beau prendre plusieurs cafés, ses idées ne sont pas claires. Il imagine son cerveau fripé comme son visage, avec des cernes jusqu'au nombril. Pas beau à voir. Aïe, Clémentine débarque avec sa stagiaire.

— Bonjour Bernard, comment allez-vous ce matin ? Demande Clémentine.

— Mal, mal dormi, problème cette nuit.

— Bonjour Bernard, dit Philomène.

— Pas Bernard, Philomène, Commandant Bellebrute s'il te plait. Tu ne connais pas assez le Commandant pour l'appeler Bernard.

— Mais tu l'as appelé Bernard !

— Oui mais pour moi il est d'accord, pas pour toi, alors respect, tu l'appelles Commandant, un point c'est tout. Sinon, je t'emmène voir la vieille Lucette.

— Bonjour Commandant Bellebrute, dit instantanément Philomène.

— Jour, répond Bernard.

— Que s'est-il passé cette nuit, Bernard, demande Clémentine.

— A 5 heures du matin, j'ai été réveillé à cause du monstre. Monsieur Louis-Charles-Marie de la Tartetatin avait décider d'aller tuer seul le monstre sur le lac. Il n'a pas eu le dessus et en s'échappant, le monstre a coupé une jambe à ce gros couillon.

— Oh là là ! s'exclame Philomène, une fois il laisse les jambes dans un bateau, une fois il mange une jambe. Il est compliqué le monstre dans sa tête. Il doit avoir un problème avec les jambes, oui, certainement quelque chose comme ça.

Clémentine et Bernard regardent Philomène d'un air bizarre. Les pensées de cette fille les dépassent.

— Et il est où le tartempion que je l'interroge ? Demande Clémentine.

— Au CHU de Nantes, dans le service d'orthopédie, répond Bernard. Vous pouvez aller le voir, il vous expliquera ce qui s'est passé. N'ayez crainte, je vous informerai en temps et en heure de la traque au monstre.

— Bernard, vous êtes chou !

— J'essaye.

Le soleil éclaire le lac de ses rayons d'automne, la brume s'est dissipée. Les aéro-glisseurs s'éloignent dans un bruit de ventilateurs géants. Bon nombre de curieux sont venus les regarder partir. On entend différents commentaires :

— Ben dame, y sont courageux ces p'tits gars.

— J'espère qu'y zont fait leur testament.

— Ont-y bien comptés leurs abatis avant de partir ?

— Si jeunes, les pauvres, c'est grande peine à voir.

— Au moins, y vont pas tous mourir, le monstre aura pas assez faim pour tous les manger.

FR3 a envoyé une équipe de télévision pour couvrir l'évènement. Philomène et Clémentine s'éclipsent pour se rendre à l'hôpital. Philomène lâche un commentaire tout à fait à sa hauteur dans la voiture :

— Je pense que ce monstre doit aimer les puzzles pour découper les gens en petits morceaux.

— Philomène arrête de penser, ça me fatigue…

Chapitre 27

Il est onze heures du matin, cinq hommes entrent dans la mairie de La Chevrolière, des costauds. Le plus grand, Alphonse, demande à l'accueil :

— On veut parler au maire. C'est urgent. Nous sommes les pêcheurs du lac et on a un problème. On ne peut plus travailler.

La réceptionniste leur répond avec un grand sourire :

— Je vais voir ce que je peux faire. Je crois qu'il est là. Je l'appelle. Merci de patientez.

— Il faut que le maire nous reçoive. Et vite.

Les cinq hommes s'assoient sur les chaises de l'entrée, lançant des regards pénétrants vers la réceptionniste qui ne sait plus où se mettre. Elle espère que le maire n'a pas trop bu. Il picole, trop, beaucoup trop. Le matin, on peut encore lui parler mais l'après-midi, il est rarement présentable. Avec les problèmes actuels, il se console un peu plus que d'habitude. Sa secrétaire est souvent obligée de lui cacher ses clés de voiture, il n'habite pas trop loin, heureusement.

— C'est bon pour vous, messieurs, il va vous voir dans son bureau. Vous avez de la chance, il est à moitié sobre.

— Donc à moitié saoul, conclue le porte-parole à voix basse.

Le groupe entre dans le bureau du maire. Petit de taille, le nez épaté et rouge, les oreilles décollées, les cheveux clairsemés, on se demande en le regardant quelle mouche a piqué les habitant de La Chevrolière pour élire cet homme. En tout cas, pas sur des critères de beauté.

— Assez assez asseyez-vous messieurs. Qu'est-ce qui vous amènent dans mon bureau ?

Et sans demander leur avis, il sort six verres, une bouteille de Grolleau et sert tout le monde, avec une large dose supplémentaire dans son verre. Alphonse prend la parole.

— Monsieur le maire, avec tout le respect qu'on vous doit, on voudrait savoir ce qui se passe et ce que vous allez faire pour nous. Nos copains Sébastien et Georges sont morts, tués par le monstre. Il n'est pas question pour nous de retourner travailler sur le lac tant qu'il est là. Du coup, on ne gagne pas notre vie. Est-ce que not' maire, c'est-à-dire vous, peut faire quelque chose ?

— Oui oui, c'est moi votre maire. Allez, on trinque à moi, avec moi et on discute.

Et il cogne les verres les uns après les autres. Sa main tremble légèrement.

— Oui messieurs, c'est dramatique, Sébastien, Georges, trop triste, j'ai du chagrin, un gros chagrin.

Il commence à larmoyer, regarde dans le vague en sirotant son verre, sans trop regarder ses interlocuteurs et reprend :

— Donc, ils sont morts. J'ai été à l'enterrement de Sébastien, triste, très triste, et sa femme, Juliette, elle est toute veuve maintenant. On va s'occuper d'elle. Et son fils, Julien, un beau petit gars. Plus de père, trop triste.

Il vide son verre d'un coup et se ressert alors que les pêcheurs n'ont pas commencé à boire.

— Et Georges, il était un peu sot Georges, enfin non, j'exagère, pas toujours fin, mais brave, travailleur, gentil. Sa femme, toute veuve elle aussi, trop triste, pas d'enfant. J'irai à l'enterrement. Ce sera un petit enterrement avec un petit cercueil, deux jambes seulement, rien d'autre. Saleté de monstre. On va pas mettre deux jambes dans un grand cercueil quand même !

Les pêcheurs regardent avec stupéfaction le maire s'enfiler son deuxième verre et se resservir. Il continue son soliloque :

— Je suis le maire, donc je dois prendre des décisions mais c'est compliqué, surtout avec ce monstre. Vous vous rendez-compte messieurs, il faut qu'un monstre arrive pendant mon mandat à moi, mon mien, c'est fou ! Qui aurait pu imaginer cela, horrible. Il bouffe tout le monde, cette nuit encore, un chasseur idiot qui voulait le tuer tout seul. Une jambe en moins. Qu'est-ce que je vais faire ?

Il vide son troisième verre, débouche une nouvelle bouteille et remplit son verre.

— Il faut boire messieurs, à vot'santé. Je vous ressers, non, vous n'avez rien bu. Pourtant c'est bon, pour le moral, pour tenir le coup, pour avoir des idées, pour faire mieux. J'aime, tu aimes, il aime la bibine le maire. Le maire c'est moi. Je rigole, hi hi hi. Non je rigole pas, ils sont morts, un tout petit cercueil, trop triste pour la veuve.

Il vide son quatrième verre.

— Monsieur le maire, dit Alphonse profitant du moment où le maire boit pour parler. Nous n'avons plus de revenu, plus rien pour vivre, qu'allons-nous faire ?

— Il faut tuer, oui, tuer le monstre, il est… Monstrueux le monstre. Il faut le tuer. Les gendarmes, plein de gendarmes, tous armés, pan pan pan, ils vont le tuer et ce sera fini. Fini messieurs et moi aussi. Mort, de honte, d'ivrognerie me dit ma femme. Elle dit que je bois trop. Peut-être, mais je tiens, une, une bonne, cuite, non une bonne bouteille dans ma main et je vais remplir encore mon verre. Vous ne buvez pas ? Buvez, ça aide.

— Mais que pouvez-vous faire pour nous ?

— Tout ! Rien ! Rien du tout ! Tout ou rien, j'en sais rien, mais je vais essayer, vous pouvez compter sur moi, ça c'est sûr car je suis le maire. Un deux trois, vous comptez sur moi. Quatre cinq six il va manger tout le monde. Bon, je raconte n'importe quoi. On trinque et vous partez, ce sera mieux. Adieu messieurs, je m'occupe de tout, et n'oubliez jamais, jamais, jamais, je vous AIME !

Les cinq pêcheurs sortent à la queue leu leu du bureau, complètement abasourdis par la prestation du maire. Ils passent devant la réceptionniste.

— Alors, ça s'est bien passé cette rencontre ? Demande-t-elle.

— Il est, comment dire, répond Alphonse, déconcertant. Oui c'est le terme, déconcertant. Dans ce mot, j'enlève trois syllabes pour déterminer le terme exact. Je vous laisse réfléchir.

Et ils s'éloignent de la mairie sans avoir reçu de réponse.

Chapitre 28

Peu de temps après le départ des pêcheurs, la réceptionniste de la mairie voit arriver un jeune homme, la trentaine, cheveux longs, barbe hirsute, petites lunettes rondes, tatouages sur le cou, d'aspect sympathique au demeurant, avenant et souriant. Il se penche sur le comptoir pour se rapprocher au plus près de la réceptionniste.

— Bonjour belle dame, je m'appelle Jérôme et je souhaite voir le maire, dit-il d'une voix sirupeuse.

— Vous êtes sûr de vouloir le voir ?

— Oui très belle dame, répond Jérôme avec son plus beau sourire. Je suis celui qui va lui poser plein de problèmes. Il va être très content de me connaître, j'en suis sûr.

— Il a déjà beaucoup de problèmes, vous n'allez pas en rajouter quand même ?

— Et si, c'est la vie, je peux le voir ?

Asseyez-vous, je l'appelle.

Cinq minutes plus tard, Jérôme se retrouve dans le bureau du maire.

— Jeune homme, je vous sers un verre, c'est la tradition.

— Désolé Monsieur le maire, je ne bois pas de vin, c'est contre ma façon de vivre.

— Moi, c'est ma façon de penser et je bois, pour ne plus.

— Ne plus quoi ?

— Ne plus penser, jeune homme, ne plus penser ! Essayez au moins de suivre ma conversation nom d'une couille de lézard !

— D'accord, je vous suis. Je souhaite seulement vous informer de la création d'un MAD.

— MAD ? Madeleine ? Madecassol ? Madiran ? Mad Max ?

— MAD, ça veut dire Monstre à Défendre.

— Comme une ZAD mais un MAD ? Demande le maire.

— Vous avez tout compris Monsieur le maire. Nous pensons que ce monstre est unique et doit être préservé. Il ne faut pas le tuer. Il fait partie de l'écosystème du lac et nous allons le défendre. Nous étions dans la ZAD de Notre-Dame-Des-Landes mais il n'y a malheureusement plus rien à défendre là-bas, alors, on vient chez vous pour défendre la grosse bête.

— Mais il a tué des gens ! Il faut le tuer.

— Il a tué des gens qui étaient sur son territoire. Il ne faut pas aller sur son territoire et il ne tuera plus personne.

— Vous racontez des conneries, des grosses conneries. Allez vous faire foutre ! Dit le maire en haussant le ton.

— Vous deviez néanmoins être informé.

— De quoi, bordel de merde, de quoi ?
S'énerve le maire.

— On va faire des barrages, des manifestations, des sit-in, bref, on va vous mettre
des bâtons dans les roues pour protéger notre
petit monstre. Notre devise, il doit vivre, sera
notre leitmotiv. Il doit vivre, il doit vivre, il
doit vivre !

Et il quitte le bureau en chantant à tue-
tête :

— Il doit vivre, il doit vivre, il doit
vivre !

Le maire regarde la porte ouverte, aba-
sourdi par la sortie du jeune homme. Il hausse
les épaules et se sert un verre. Regardant le
vin, les yeux dans le vague, il chante lentement :

— C'est la merde, la merde, c'est la
merde, la grosse merde…

Chapitre 29

Il est 21 heures, le jingle de l'émission débute. La lumière éclaire le plateau de télévision. La caméra se positionne sur le présentateur vedette Télémaque Lebel. Il est beau, cheveux noirs gominés sur sa tête bien peignée, raie au milieu, les dents d'une blancheur éclatante, le maquillage discret, le costume taillé sur mesure, la cravate droite, impeccable, il commence :

— Chères téléspectatrices, chers téléspectateurs, merci de nous rejoindre pour une émission spéciale sur le lac de Grand-Lieu. Ce lac défraie la chronique par la présence d'un monstre qui dévore les pêcheurs. Oui, je n'ai pas peur de le dire, ce monstre a tué et va peut-être encore tuer des innocents. Avant de vous présenter nos invités, un reportage va nous permettre de revivre les événements de ces dernières semaines.

Il débute par les morts tragiques de Sébastien et de Georges puis se termine à l'hôpital avec l'interview de Monsieur Louis-Charles-Marie de la Tartetatin, rehaussé d'un gros plan sur sa jambe disparue.

— Merci de nous retrouver sur le plateau, reprend le présentateur. Je vous présente tout de suite mes invités. Nous avons le plaisir d'avoir avec nous le Commandant Bernard Bellebrute, responsable de la gendarmerie de Saint Philbert de Grand-Lieu, en première ligne dans cette affaire monstrueuse, sans jeu de mot, hu hu hu. Commandant, un petit mot ?

— Bonsoir, dit le commandant Bellebrute.

— Bien, merci. Nous avons avec nous le garde-chasse Monsieur Gédéon Bourru. Un petit mot Monsieur le garde-chasse.

— Non, plus tard.

— Il réserve sa parole pour plus tard. D'accord. Nous avons aussi Monsieur Anselme Blanchard, père du regretté Sébastien Blanchard, décapité par le monstre. Ancien pêcheur, il va nous parler de la pêche sur le lac. Mes condoléance Monsieur, nous sommes pleinement touchés par votre chagrin.

Il baisse les yeux et fait un court silence, très conscient de l'effet sur le public puis relève la tête avec un grand sourire et poursuit :

— Monsieur Rodolphe Rougeaud, Maire de La Chevrolière, un petit mot ?

— Un petit verre plutôt. Non, je plaisante, dit le maire. Oui, il faut éliminer cette bestiole. Je compte sur la gendarmerie pour nous débarrasser de cette saloperie.

— Et nous avons avec nous, reprend le présentateur, l'immense, le célèbre, l'inénarrable Romuald Beaufort, le spécialiste mondial du lac de Grand-Lieu. Il me semble que vous êtes le Président de toutes les associations de préservation du lac de Grand-Lieu. Nous allons commencer par vous Monsieur Beaufort. Pouvez-vous nous décrire en deux mots ce lac ?

— Bonjour à tous, répond Romuald Beaufort, manifestement habitué des plateaux télévisés. En deux mots, ce n'est pas simple mais je vais essayer de faire court. Ce lac unique en son genre, a été créé par des mouvements géologiques datant de 50 millions d'années. Progressivement, une cuvette plate s'est créée à 20 km des portes de Nantes. Il fait entre 3500 et 7000 hectares selon les saisons, l'été ou l'hiver. Il a deux affluents, la Boulogne et l'Ognon, et s'évacue dans la Loire par l'Acheneau. Etonnamment, ce lac est peu profond, il peut faire entre 1,30 m en été et 3 m de profondeur en hiver, c'est-à-dire qu'encore, en ce moment, nous avons pied au milieu du lac. Le niveau du lac peut être régulé facilement par une vanne à Bouaye, ce qui n'est pas sans poser quelques conflits entre les pêcheurs, les chasseurs, les écologistes et les agriculteurs.

— Justement, parlons des pêcheurs. Monsieur Blanchard, vous pouvez nous parler de la pêche sur le lac ?

— Il fut une époque, répond Anselme Blanchard, où les pêcheurs étaient très

nombreux, jusqu'à 120 au début du ving-
tième siècle. Ils vivaient surtout à Passay où
j'habite, un petit village de pêcheurs à côté de
La Chevrolière. Ils pêchaient et entretenaient
le lac. Depuis qu'une partie du lac a été ra-
chetée par le parfumeur Guerlain pour sa
chasse, sa physionomie a changé. Il ne reste
actuellement que 7 pêcheurs, 5 maintenant
que deux sont décédés, dont mon fils Sébastien.

— Et que pêche-t-on dans ce lac ?

— Des poissons d'eau douce comme
les brochets et les sandres, des anguilles, des
écrevisses… Il y a une trentaine d'espèces de
poissons et…

— Magnifique, coupe le présentateur,
j'ai un souvenir de sandre au beurre blanc absolument délicieux. Et la chasse ?

— Une grande réserve, répond Romuald Beaufort, c'est la deuxième plus
grande réserve d'oiseaux après la Camargue.
On peut chasser autour du lac, mais pas sur le
lac car c'est une réserve naturelle.

— Parlez-moi de la chasse Monsieur le
garde-chasse Gédéon Bourru. Quel est votre
rôle sur le lac ?

— Je surveille, je regarde, je sanc-
tionne, je vérifie que tout est conforme, que
les lois sont respectées. J'inspecte les popula-
tions du lac et autour du lac. Par exemple,
quand le lac est trop bas, des bactéries

117

sécrètent des toxines qui intoxiquent les oiseaux. On appelle cela le botulisme. Les animaux meurent par milliers autour du lac. C'est pour cela qu'il ne faut pas que le lac soit trop bas. Je vais voir les chasseurs, vérifier leurs papiers, leurs fusils, leurs cartouches aussi car on ne peut chasser qu'à la bille d'acier sur les marais. Pas de plomb, interdit. Bref, j'ai un rôle essentiel autour du lac. Je suis le regard, l'œil, la loi.

— Et avez-vous rencontré le monstre ?

— Non, pas l'ombre du monstre, rien, je n'ai même pas vu une crotte de monstre.

— Merci de ces précisions Monsieur Bourru. Un commentaire monsieur Romuald Beaufort ?

— Oui bien sûr. Les déchets des animaux sont omniprésents autour et dans le lac, ils font partis de l'écosystème. Un monstre de cette taille doit faire des fèces énormes, et rien n'a été retrouvé. Nous allons surveiller.

— Commandant Bernard Bellebrute, quels moyens sont mis en œuvre pour tuer ce monstre ?

— J'essaye, répond BB.

— Vous essayez quoi ?

— D'avoir les moyens de tuer le monstre. Grâce au Préfet, des renforts sont arrivés. Nous avons actuellement 4 aéroglisseurs avec des gendarmes armés jusqu'aux dents qui sillonnent de long en large le lac et ses affluents. Malheureusement, nous n'avons vu aucune trace du monstre.

— Le monstre se cache ? Demande Télémaque Lebel.

— Certainement, il se sent traqué.

— L'avez-vous affublé d'un petit nom comme le monstre du Loch-Ness qu'on appelle Nessie ?

— Oui, mais c'est un peu délicat à dire devant le père de l'été.. du décapité.

— Monsieur Blanchard, vous avez dû entendre ce surnom probablement ? Demande Télémaque en se tournant vers Anselme Blanchard.

— Le Sécateur, dit Anselme d'une voix sombre.

— Oui, reprend BB, on l'appelle le Sécateur car il coupe et tranche net ses victimes.

— C'est original et descriptif. Monsieur le maire, Rodolphe Rougeaud, on ne vous a pas entendu jusqu'à maintenant. Pouvez-vous nous donner votre impression sur ces évènements et les conséquences pour votre village.

— Enormes. Les conséquences sont énormes. Excusez-moi, je bois un peu pour parler. Donnez-moi autre chose que de l'eau, je n'ai pas l'habitude. Trois conséquences. Une, les pêcheurs sont au chômage. Ils refusent de travailler. Ils ne veulent pas se retrouver en plusieurs morceaux. Je les comprends.

Donc, plus de poisson du lac, ni d'écrevisses. Deux, une inquiétude de la population autour du lac, même celle qui vit autour des rivières, le monstre a été vu dans la Boulogne ! Une psychose est en train de s'installer. Trois, les Madistes sont arrivés.

— Les Madistes ?

— C'est ainsi qu'ils s'appellent par analogie aux Zadistes, Ah, merci de m'avoir apporté un petit verre de vin. Laissez la bouteille je vous prie, elle me sera d'une grande utilité.

Le maire vide d'un trait le verre de muscadet et reprend :

— Bigre, ça va mieux avec un petit remontant, c'est qu'il fait chaud sur votre plateau télé. Monstre à défendre, MAD donc Madiste. Pas difficile à comprendre. Ils veulent défendre le Sécateur sous prétexte qu'il est dans son territoire et qu'il ne faut pas le déranger car c'est une espèce unique à protéger.

— C'est une ineptie, reprend Anselme Blanchard. De tous temps, les pêcheurs ont vécu grâce au lac de Grand-Lieu, je ne vois pas pourquoi d'un coup nous n'aurions plus le droit d'y aller à cause d'une bande de barbus anarchiques.

— C'est un débat intéressant, dit le présentateur Télémaque Lebel, que nous ne trancherons pas aujourd'hui. Commandant

Bellebrute, dites-nous comment se présente ce monstre.

— D'après la photo publiée dans Ouest-France et la description des rares observateur, ainsi que l'aide des scientifiques, il ressemblerait à une anguille géante, d'au moins deux mètres de diamètre et de 10 à 20 mètres de long. L'ADN retrouvé sur les cadavres est celui de l'anguille. Il est étonnant que cette anguille géante puisse couper aussi nettement ses victimes mais nous n'en savons pas plus.

— Cela explique qu'il se sente bien dans le lac, comme un poisson dans l'eau. Racontez-nous l'évolution du lac Monsieur Beaufort. Il a toujours été comme maintenant ? Il a changé ? Pourquoi ce monstre ?

— Le lac, comme le monde, commence Romuald Beaufort, est en perpétuel remaniement. Auparavant, les nénuphars et les roseaux étaient prédominants sur le lac, comme les macres.

— Les macres ?

— Oui, les châtaignes d'eau, une espèce de boule noire avec 4 piquants, ça fait mal quand on marche dessus mais ça se mange. Il y eu de grands changements en 50 ans. Les ragondins sont arrivés. Ils laminent les bords du lac par leur terriers et mangent beaucoup de végétaux. Les écrevisses de Louisiane ont été importées malencontreusement. Elles prolifèrent et font des trous partout, sabotant les bords comme les ragondins. Enfin, des plantes envahissantes changent la configuration du lac. Il s'agit de la jussie et de la myriophylle, qui augmentent d'année en année, impossibles à éliminer. Et le dernier arrivé, le Sécateur, n'a manifestement pas fini de faire parler de lui. Je pense qu'il y aura un avant et un après Sécateur.

— Merci pour ces magnifiques explications mon cher Romuald. Monsieur Gédéon Bourru, un mot à rajouter ?

— Oui, ce lac est magnifique, un joyau. Les levers et les couchers de soleil y sont exceptionnels. Il faut admirer le passage des hérons dans la brume au petit matin, les canards qui volent en bande, les oies qui cacardent bruyamment et les poissons qui frayent au bord de l'eau. Il faut le préserver car nous l'aimons et le choyons.

— J'aime votre nature poétique Monsieur Bourru. Commandant, quand allez-vous tuer ce monstre ?

— Quand on le trouvera, on lui fera sa fête. J'ai promis dans un moment d'égarement au propriétaire du restaurant des pêcheurs de Passay la tête du monstre empaillée. Il faut que je tienne ma promesse. En attendant, on le traque.

— Monsieur le maire, vous vouliez rajouter quelque chose ?

— Elle est vide, toute vide ma bouteille. C'est déprimant. Une autre s'il vous plait. Je pense créer une formation anti-MAD, chargé de surveiller les Madistes pour contrer leurs actions. C'est tout ce que je peux faire. Je fais confiance à la gendarmerie pour tuer tous les Madistes, pardon, le monstre, lapsus hi hi hi. Il est fini le maire, trop compliqué à gérer tout ça. Mais j'aime mes administrés, trop, je me tue à la tâche, trop gentil moi je suis. Blurp !

— Monsieur Blanchard, avez-vous une explication pour le bruit des cloches tous les soirs à minuit sur le lac ?

— Oui, mais il faut que je vous raconte avant l'histoire de la cité d'Herbauges.

— Avec plaisir, nous sommes tout ouïes.

Anselme Blanchard raconte l'histoire de la cité comme pour Julien, avec l'hypothèse du tremblement de terre à l'origine de la sortie du monstre.

— Cette histoire extraordinaire expliquerait beaucoup de choses, reprend Télémaque Lebel, mais que fait la gendarmerie vis-à-vis de cette cloche qui sonne tous les soirs à minuit ? Commandant Bellebrute, je vous laisse la parole.

— Effectivement, nous ne sommes pas restés inactifs vis-à-vis de cette cloche. Nous avons plusieurs fois essayé de déterminer l'origine du bruit par triangulation avec des drones de recherche acoustique. Cette cloche sonne très peu de temps et nous n'arrivons pas assez vite auprès d'elle pour la localiser. La position est différente chaque soir ce qui est étonnant pour un clocher. Nous sommes dans l'expectative.

— Les levis.

— Pardon Monsieur Beaufort ? Demande Télémaque Lebel.

— Les levis sont des morceaux de terre qui dérivent sur le lac, parfois assez importants pour avoir plusieurs arbres dessus, de véritables petites iles flottantes. Peut-être que le clocher se trouve sur un levis et qu'il dérive sur le lac au gré des courants ?

— C'est une hypothèse intéressante, reprend BB, mais nous avons des drones qui ont sillonné le lac à de nombreuses reprises et nous n'avons jamais vu l'ombre d'un clocher sur le lac.

— Alors, il faut nous rendre à l'évidence, dit le présentateur, le lac a ses mystères. Messieurs, trouvez-nous le Sécateur et le clocher !

— Et je pourrais enfin dormir tranquille, réplique le maire à moitié saoul agrippant son verre dans la main, car mes chers administrés, je les aimmmmeuuuuh !

— Merci Monsieur le maire pour ce mot de la fin. Monsieur Beaufort, voulez-vous conclure ?

— N'oublions jamais qu'il faut respecter la nature et la protéger. Ce monstre est une ineptie dans la vie de ce lac, il faut l'éliminer. Vive la nature, vive la France.

— Quelle sortie, vous devriez faire de la politique.

— J'y songe, j'y songe, répond Romuald Beaufort avec un sourire gourmand.

— Chères téléspectatrices et téléspectateurs, notre émission se termine, merci de l'avoir regardée. Merci à nos invités. Nous nous retrouverons bientôt avec les mystères du lac enfin résolus, je l'espère.

Chapitre 30

Le commandant Bellebrute essaye de dormir après cette émission télévisée éprouvante. Il n'aime pas être mis sur la sellette sans avoir de réponse à donner. Il finit par s'endormir et cauchemarde. Il se retrouve seul avec le présentateur, le procureur et le Préfet, cerné par les caméras. Ils lui demandent en colère « où est le monstre, il faut tuer le monstre, qu'est-ce-que vous faites à la télévision au lieu de traquer le monstre ? » et il répond « j'essaye, j'essaye, j'essaye » et ils hurlent en cœur « il ne faut pas essayer, il faut réussir ! ». Pourtant, il essaye mais il n'a pas de solution. C'est à ce moment que le téléphone sonne, il est cinq heures du matin :

— Commandant, ici Blanchin, le gendarme de garde pour la nuit. Nous avons un problème.

— Pas avec le Sécateur j'espère !

— Si, le Sécateur a encore coupé un autre bout de Monsieur Louis-Charles-Marie de la Tartetatin.

— Encore ? Mais il est à l'hôpital !

— Il est avec les pompiers au port. Vous devriez y aller.

— Ok je file, termine BB avec un grand soupir.

Il se retrouve 20 minutes plus tard avec les pompiers et le SAMU. Monsieur Louis-Charles-Marie de la Tartetatin est étendu sur un brancard. Le médecin prend le commandant à part et lui explique :

— Il est choqué mais conscient. Il a eu la deuxième jambe coupée nette, comme l'autre. Il est fou cet homme, vouloir affronter seul le monstre en pleine nuit. Il n'a plus de jambes, et je peux vous assurer qu'elles ne vont pas repousser tout de suite.

— Pitié, pas d'humour à cette heure matinale. Je vais lui parler.

Il retrouve l'homme allongé dans le camion des pompiers, le visage pâle, les yeux cernés, les cheveux encore trempés. Il voit arriver BB et chuchote :

— Je le veux et je l'aurai ce monstre, commandant, je l'aurai !

— Vous êtes fou d'aller traquer ce monstre dans cet état.

— Il y a urgence, urgence, je suis l'homme qui doit le tuer, il est à moi, à moi ! Explique LCM avec des yeux injectés de sang.

— Racontez-moi tout.

— Ras-le-bol de l'hôpital, j'ai signé une décharge et Alfred m'a ramené au gîte. Nous avons tout préparé, discrètement, comme la première fois. Le monstre m'a eu en traître mais j'ai réfléchi, très fort, je suis très fort, et j'ai trouvé la solution pour le tuer.

127

J'ai créé un système d'éclairage sous mon bateau pour voir sous l'eau avec de multiples
détecteurs de présence et des grenades éclairantes. Pas possible pour lui de venir sans que
je le détecte.

      — Peut-être, mais vous avez encore
été mangé.

      — Il doit aimer la Tartetatin pour en
redemander un morceau.

      — Pas d'humour s'il vous plaît, il est
trop tôt.

      — Excusez-moi mais c'est de ma
jambe dont je parle. Je peux quand même
faire une pointe d'humour dans mon état !

      — Au moins, vous n'aurez plus besoin
de vous couper les ongles des orteils, oubliés
les cors au pied et les durillons plantaires,
adieu les chaussures !

      — C'est fini ces élucubrations ?

      — Ah, Monsieur de La Tartetatin veut
faire de l'humour à sens unique mais n'accepte pas que l'on puisse rire à ses frais. Ve-
nons-en aux faits je vous prie.

      — Aux faits oui, aux faits. Alfred m'a
installé dans mon esquif et vogue la galère. Il
fait nuit, une heure du matin, GPS au poignet,
je navigue dans le noir. Je suis au milieu du
lac, je jette des morceaux de viande dans
l'eau, j'appâte, il va venir, je le sens. Je suis
assis sur un fauteuil, attentif aux moindres

bruits, une heure passe, deux heures passent...

— Puis trois heures, on accélère.

— Vous avez raison, puis trois heures passent. Je me lasse, à moitié sommeil mais à moitié réveillé, une sonnerie, ça y est, le Sécateur arrive. La lumière éclaire tout mais je ne vois rien, rien du tout. Le moteur électrique fait avancer le bateau sans bruit, j'arrête le moteur, le silence est total. Soudain, je le vois, il est en face de moi, sa tête hideuse est à au moins trois mètres de haut, il me regarde, je le regarde, on se regarde...

— Et on se prend la main ?

— Pas drôle. Nous nous hypnotisons l'un l'autre, immobiles. Nous nous testons par le regard, qui va tuer l'autre, qui va manger l'autre ?

— Lui.

— Taisez-vous, moi je raconte, vous, vous écoutez. Il bouge la tête de droite à gauche et de gauche à droite, en ouvrant grande sa gueule. Je sens son souffle nauséabond sur mon visage. Je me penche doucement pour prendre mon fusil sans le quitter du regard et c'est là que tout bascule. Dans mon excitation, j'ai oublié ma jambe en moins, je tombe au fond du bateau au moment où il se penche pour attraper ma tête. Il mord le gouvernail et soulève le bateau renversant tout dans l'eau.

— Donc plus de bateau ?

— Saperlipopette, plus de bateau, je suis dans l'eau froide, avec ma combinaison, attaché à mon scooter sous-marin, car je suis prévoyant et je pars, encore vaincu, vers Passay. Il me poursuit et, voulant un trophée, me sectionne la jambe restante. Je prends ma ceinture, fais un garrot et me sauve au port. Alfred m'attend, vous connaissez la suite.

— Quel histoire, quel courage et quelle bêtise ! Cela vous coûte deux jambes ! Bon rétablissement Monsieur. Un gendarme viendra prendre votre déposition à l'hôpital quand vous serez mieux.

— Je le veux, je le veux, je l'aurai, hurle Louis-Charles-Marie de la Tartetatin, il est à moi, à moi, il me doit deux jambes, c'est mon monstre à moi ! Personne d'autre ne doit toucher à mon monstre ! Il est à moi, à moi !

Et il s'allonge, en sueurs, pâle et exténué. BB le confie aux médecins et retourne à sa voiture. Il rencontre sur son chemin Jérôme, le madiste, levé aux aurores.

— Commandant, comment va le monstre ?

— Qui êtes-vous jeune homme ?

— Jérôme, madiste installé à La Chevrolière.

— Ah oui, les défenseurs du monstre ? Et bien sachez que votre monstre va très bien. Il a mangé la deuxième jambe de Monsieur

Louis-Charles-Marie de la Tartetatin. Quel appétit ! Nous allons bientôt le tuer c'est certain, une question de jours.

— Ne rêvez pas. Il va vivre, longtemps, longtemps, nous serons toujours là pour le défendre.

Chapitre 31

La nuit arrive doucement, il fait sombre mais on distingue encore nettement le vol des oiseaux dans le ciel. Trois chasseurs sont cachés autour de l'étang Tacule, chacun dans un endroit différent, aménagé pour ne pas être vu du ciel. Jésus, Jean-Jean et Gilbert se retrouvent une fois par semaine pour la passée aux canards. Leur but, tuer le plus de canards. Ils ne font pas de bruit, le fusil en l'air, prêts à tirer. Gilbert vient d'abattre un colvert. Golum, son griffon korthals a rapporté l'oiseau à son maître, très fier des progrès de son chien. Jésus n'a pas de chien. Jean-Jean est affublé d'un vieil épagneul breton, Bémol, qui n'aime pas l'eau. Son aquaphobie le rend totalement inutile pour la chasse au gibier d'eau, mais le chien aime tellement la chasse que Jean-Jean n'imagine pas faire une passée sans lui.

Une bande de canards vole autour de l'étang, un tour, deux tours, puis ils descendent pour se poser rassurés de voir du blé dans l'eau. Les fusils tonnent, un canard tombe, les autres s'échappent.

— Alors Jésus, dit Gilbert, t'as encore bu trop de vin de messe ?

— Pas vrai, répond Jésus, j'ai rien bu depuis au moins, si je réfléchis bien, au moins une heure.

— Ils sont blindés, j'te dis, réplique Jean-Jean, j'ai visé, tiré, comme il faut et pas un de tombé, c'est pas Dieu possible.

— C'est encore moi qui vais faire le tableau si ça continue. Vous êtes vraiment nuls. Je me demande encore pourquoi je chasse avec vous…

— Parce que si t'étais pas le meilleur, tu ferais la gueule.

Ils se taisent et attendent la prochaine bande de canards. Ils n'entendent pas l'ombre glisser doucement dans l'herbe autour de l'étang. Le Sécateur s'approche d'une cache, lève la tête et croque Jésus, d'un coup, silencieusement, le sectionnant au niveau des jambes. Jésus n'a même pas le temps de comprendre ce qui lui arrive. Le monstre recule et se dirige vers Jean-Jean. Ce dernier ne le voit pas arriver, concentré, la tête fixée vers le ciel, le fusil prêt à tirer. Le Sécateur se lève et le croque, délaissant les deux bras accrochés au fusil. Bémol se met à hurler à la mort en voyant l'énorme bête emporter son maître. Gilbert se retourne et voit l'ombre du monstre dans les arbres. « Bordel de bordel de nom de Dieu de merde » et il tire ses trois coups vers le monstre qui fuit dans les marais. Son griffon korthals court derrière lui. Il l'appelle, pressentant que son chien ne ferait pas le poids. Golum revient rapidement près de son maître.

— Jésus, Jean-Jean, vous avez vu ?

Pas de réponse.

— Jésus, Jean-Jean, répondez-moi !

Pas de réponse. Il recharge son fusil et va vers les caches de ses amis. Dans la première, il découvre les deux bras de Jean-Jean, les mains crispées sur le fusil à côté de Bémol toujours hurlant. Dans l'autre cache, les deux jambes de Jésus sont immobiles, debout dans leurs bottes.

— Bordel de bordel de nom de Dieu, où est le reste de mes copains ? Le Sécateur, c'était vraiment le Sécateur, le putain de Sécateur.

Il prend son portable et téléphone à la gendarmerie pour demander de l'aide.

Chapitre 32

Bernard Bellebrute est assis à son bureau. Il rêve devant la photo de son toutou, se demandant quand est-ce qu'il pourra faire un tour à la chasse. Trop de travail en ce moment. Beaucoup trop. Et ce téléphone qui sonne encore :

— Commandant Bellebrute j'écoute.

— Ici le Préfet Chassdo.

— Mes respects Monsieur le Préfet, que puis-je faire pour vous ?

— Dites-moi, Commandant, cela tarde un peu cette mise à mort. Deux chasseurs tués, ça commence à faire beaucoup de morts. Vous avez pourtant tous les renforts nécessaires pour tuer ce monstre, vous deviez réussir ?

— J'essaye. Mais c'est difficile.

— Racontez-moi vos problèmes. Les problèmes sont faits pour être résolus. S'ils ne peuvent pas être résolus, c'est qu'il n'y a pas de problème.

— Vous croyez ?

— C'est une des devises Shadock, si vous ne connaissez pas, vous ne pouvez pas comprendre.

— Alors je ne peux pas comprendre, la philosophie n'est pas mon fort et je ne connais pas Monsieur Shadock. Donc je vous explique. Les gendarmes ne peuvent pas

travailler la nuit, il fait trop noir, trop dangereux, on ne verrait pas le monstre.

— Il me semble que Monsieur Louis-
Charles-Marie de la Tartetatin a chassé de
nuit, deux fois avec succès pour sa rencontre
avec le monstre.

— Oui mais il a échoué et est devenu
cul-de-jatte.

— Donc pas de chasse la nuit.

— Les Madistes nous mettent des bâtons dans les roues. Les aéroglisseurs ont été
immobilisés deux jours, du sucre a été retrouvé dans les carburateurs. Les drones sont
inopérants, des brouilleurs d'ondes illégaux
les ont décimés, ils sont tombés dans l'eau,
irrécupérables. Ils mettent des barrages et ma-
nifestent tous les jours. Ils sont infernals.

— Naux.

— No quoi ?

— Infernaux, on dit un madiste infernal, des madistes infernaux, c'est comme ça.

— D'accord. On ne peut rien faire, les
caméras de télévision sont autour et filment
en permanence.

— Laissez les madistes tranquilles, ils
vont finir par se lasser. Occupez-vous du
monstre. Et la cloche ?

— Nous avons essayé de la localiser
mais les drones sont tous mourus avec les
brouilleurs d'onde illégaux.

— Morts, pas mourus. Pas grave, cherchez le monstre et laissez le clocher pour plus tard.

— D'accord.

— Et prévenez ma secrétaire de tous vos actes.

— D'accord.

— A bientôt Commandant.

— D'accord. Au revoir Monsieur le Préfet.

Il raccroche et lisse sa moustache, songeur. Il pense à Clémentine et l'appelle :

— Clémentine Chanterelle, journal Ouest-France j'écoute.

— Commandant Bellebrute au téléphone.

— Bernard, comment allez-vous ?

— Pas très bien. J'ai deux chasseurs morts sur les bras et le Préfet qui n'est pas content des résultats.

— C'est arrivé quand ?

— Hier soir, trois chasseurs se sont fait surprendre par le monstre lors d'une passée aux canards.

— Et le troisième va bien ?

— Je vous donne son numéro de téléphone pour l'interviewer si vous le souhaitez. Il est un peu choqué mais devrait tenir le coup.

— Vous êtes trop chou. Merci Bernard. Je peux vous inviter à dîner ce soir ? J'ai un bon restaurant à vous proposer, "La Bosselle" à Saint Philbert de Grand-Lieu, 20h30 si vous voulez.

— Mais, trop, oui, bien, et pourquoi pas, rien ce soir, prévu, d'accord. À tout à l'heure, Bonne journée.

Et il raccroche.

Et il rappelle :

— Alors le numéro de téléphone de Gilbert Gropied est le 06 07 08 09 10.

— Vous êtes adorable Bernard.

— J'essaye.

— À ce soir Bernard.

Et il raccroche, les joues rouges de plaisir. Il pense en lissant sa moustache : « Elle est belle, intelligente, la femme idéale, je crois que je suis vraiment amoureux ».

Chapitre 33

Dans son bureau à Ouest-France, Clémentine explique à sa stagiaire :

— Philomène, on a rendez-vous à 18h avec Monsieur Gilbert Gropied, le chasseur qui a survécu à l'attaque du Sécateur hier soir. Tu veux faire l'interview ?

— Oui, d'accord, trop génial, super. Tu vas voir, je vais t'épater. T'as remarqué que j'mange plus de chewing-gum ?

— Ce serait difficile de ne pas le remarquer. Tu faisais autant de bruit qu'un troupeau de ruminants dans le bureau. Tu es en progrès, je le signalerai à ton père.

— Super, papa va être vachement content. Alors je ferai l'interview toute seule comme pour la vieille Lucette ?

— Si tu t'en sens capable, oui, c'est le meilleur moyen d'apprendre.

— Ok Clémentine, je vais être au top, pro, tout génial. Demain, tu auras un article irréprochable, à mettre tel quel dans le journal.

— Je le lirai avant quand même. Pas le choix, explique Clémentine Chanterelle avec un grand soupir.

Elles arrivent au bout d'un chemin dans une cour, garent la voiture devant une petite maison et sonnent à la porte. Un homme leur ouvre, grand, coiffé de cheveux longs grisonnants associés à une barbe et une moustache hirsute cachant sa bouche sous un nez cabossé.

— Bonsoir Monsieur, dit Philomène, nous sommes journalistes à Ouest-France et nous voudrions vous interviewer sur ce qui s'est passé hier soir. Ma collègue Clémentine Chanterelle vous a téléphoné pour cela.

— Bonsoir Monsieur, merci de nous recevoir, dit Clémentine.

— Deux belles dames pour moi tout seul, quelle chance, répond Gilbert Gropied. Bienvenue dans mon modeste logis. Je crois qu'un apéro s'impose à cette heure. Venez avec moi dans ma cave. Nous serons mieux pour discuter.

Ils se dirigent vers une sorte d'appentis à côté du garage. La pièce sent la vinasse et le renfermé. Contre le mur reposent quelques bouteilles, plusieurs cubitainers de vin et sur une étagère des petits verres qui n'ont pas été lavés depuis longtemps, « bien culottés » dirait le propriétaire des lieux. Les toiles d'araignées et la poussière ont envahi progressivement tous les espaces disponibles.

— Asseyez-vous, je vous sers un petit verre, propose l'hôte. Un petit rosé du coin, pas farouche à boire et qui fait du bien là où il faut. J'en ai bien besoin après l'histoire d'hier soir.

Il sert les verres et s'assoie.

— Merci encore de nous recevoir, dit Philomène. Vous étiez à la chasse hier soir lorsque le drame s'est produit. Pourriez-vous m'expliquer en quoi consiste cette chasse ?

— Bien sûr, répond Gilbert Gropied. Il s'agit de la chasse aux canards. On ne peut pas chasser sur le lac mais sur sa périphérie, c'est possible, autour des étangs.

— Oui mais si les canards savent qu'ils vont être tués, ils ne vont pas venir !

— Les canards sont des animaux qui mangent. On les agraine tous les jours avec du blé pour les inciter à venir.

— Tous les jours ?

— Oui tous les jours. Je vous ressers un verre Mademoiselle ?

Et il joint le geste à la parole sans demander l'avis de Philomène avant de reprendre ses explications.

— Ils viennent manger le soir, lorsque la nuit tombe et pan pan. On peut aussi chasser le matin au lever du jour, mais il faut se lever tôt. Le soir c'est mieux, on chasse, on tue les canards et on va boire un coup. C'est la fête.

— Oui mais pas pour les canards.

— Ce sont des canards faits pour être canardés. On les tue, on les bouffe et c'est bon, c'est la chasse, écologique et tout. On ne va pas en faire tout un plat. Belle descente

Mademoiselle, il est bon le rosé n'est-ce pas ?
Je vous ressers un petit verre Mademoiselle ?

Et il joint le geste à la parole. Clémentine refuse, sentant le piège.

— La chasse, reprend Gilbert Gropied d'un air rêveur, la chasse se perpétue de génération en génération selon la tradition de nos ancêtres. La chasse, c'est la communion avec la nature, la beauté du geste, le respect du gibier, la fraternité entre les chasseurs, l'amour du chien et le fusil à trois coups, perfection du génie humain au service de l'homme. Il faut apprécier la tombée du jour, quand le soleil se cache derrière l'horizon et que les ombres envahissent le sol couvert d'un léger voile de brume.

— C'est beau ce que vous dites, dit Philomène déjà un peu pompette. Comme j'aimerais bien chasser comme vous.

— J'ai bien peur de ne pas y retourner tout de suite, tant que le monstre sera là…

— Ah oui, c'est pourquoi on est là, je sais, pour le monstre qui a mangé vos deux copains.

— Ouais, répond Gilbert Gropied la larme à l'œil, Jean-Jean et Jésus, mes meilleurs copains, plus rien, seulement deux jambes et deux bras qui restent. Je vous ressers un petit verre ?

— Oui mais un tout petit petit quand même, dit Philomène.

— Sans façon, répond Clémentine.

On sent que Philomène se lâche, beaucoup plus à l'aise après quelques verres.

— Jean-Jean et Jésus, ce sont leur vrai prénom ? Demande-t-elle.

— Pour Jean-Jean, ses parents voulaient un prénom double mais ils n'étaient pas d'accord avant sa naissance. Ils ont donc choisi chacun de leur côté un prénom et l'ont tenu secret dans une enveloppe jusqu'à l'état civil, le jour de la déclaration. Le père a ouvert les enveloppes devant l'officier d'état civil pour déclarer sa naissance. Le hasard a fait que son père et sa mère avaient choisi le même prénom. Ils l'ont appelé Jean-Jean.

— Et Jésus ?

— Je vous ressert un petit verre et je vous raconte.

— Oh oui, mais un tout petit petit petit.

Gilbert Gropied sert le verre à ras-bord.

— Tu exagères dis-donc, reproche Philomène à son hôte en rigolant bêtement.

— Jésus a eu une période rebelle dans sa jeunesse. Son vrai prénom est Athanase mais il ne l'a jamais beaucoup aimé. Il s'était laissé pousser ses cheveux et sa barbe. Du coup, on l'a appelé Jésus car il était très porté sur la religion, presque bigot. Il aurait pu être curé mais il est finalement devenu psychiatre. Une belle mort pour un type complètement fou dans sa tête. Si vous voulez bien, on va aller dans ma véranda pour prendre l'apéritif.

— Mais c'était pas l'apéritif ça ? Demande Philomène.

— Non, c'est le désoiffage, explique Gilbert Gropied. On boit un coup avant l'apéro pour diminuer la soif et on prend l'apéro ensuite.

— Quelle bonne idée, répond Philomène en tapant des mains, allez, tout le monde debout, on va à l'apéro et youp là.

Elles suivent Gilbert, très amusé par Philomène qui marche un peu moins droit qu'à l'arrivée. Clémentine a bien compris qu'il veut la soûler. Laisser faire ou pas ? Ecole de la vie, elle va apprendre à ses dépens qu'il ne faut pas faire n'importe quoi au travail. Boire avec une extrême modération, le b.a.ba du métier. Il va falloir qu'elle assume la suite. Ils s'installent dans la véranda. Gilbert Gropied sort un vin de noix, recette locale et quelques gâteaux apéritifs.

— Ça c'est bien, dit Philomène, faut éponger.

Et elle se précipite sur les gâteaux sous l'œil amusé de Clémentine et Gilbert.

— Monsieur Gilbert, dit Philomène, j'ai une théorie du Sécateur qui fait des puzzles humains. Qu'en pensez-vous ?

— Désolé Monsieur Gropied, reprend Clémentine, je pense que Philomène

Champion va trop vite dans ses questions. Pouvez-vous nous raconter votre soirée d'hier ?

— Volontiers. Trinquons d'abord à votre présence lumineuse chez moi.

Ils trinquent. Philomène vide son verre que Gilbert s'empresse de remplir. Elle a les yeux un peu dans le vague mais semble tenir le coup.

— Hier soir, reprend Gilbert, nous étions tous les trois à côté du pré du Père Tacule, autour de l'étang Tacule. Nous y allons toutes les semaines, de l'ouverture de la chasse au gibier d'eau fin août jusqu'à la montée du lac. On y va tant que les canards viennent.

Verres vidés et à nouveau remplis, sauf pour Clémentine.

— Nous avons tiré sur une bande de canards, l'un est tombé, les autres ont tiré et ont raté. Ils tiraient mal mais buvaient bien mes pauvres copains. On attendait en silence quand j'ai entendu Bémol, le chien de Jean-Jean hurler à la mort. C'est pas son habitude à ce bestiau de faire ça. Je me retourne pour engueuler Jean-Jean, lui dire de faire taire son clébard et je me retrouve face au monstre. Ni une ni deux, je tire mes trois coups. Manifestement, ça lui a fait un peu peur et il est parti. C'est de la bille d'acier, du 4, autant dire que pour lui, c'est comme si je l'avais chatouillé.

J'ai appelé mes copains, pas de réponse. Je suis allé voir et j'ai découvert leurs restes. J'ai téléphoné aux gendarmes et voilà.

Gilbert Gropied a les larmes aux yeux, Philomène renifle.

— Des petits cercueils, ça va faire encore des tous petits cercueils avec les petits morceaux des copains de toi.

—Philomène, s'il te plaît, bois et tais-toi, demande Clémentine. Je prends la suite de l'interview.

— Et Bémol, le pauvre petit chien tout seul sans son maimaître, comment qu'y va ? demande Philomène.

— Il va mieux. Il reste avec mon Golum. Je vais le garder en souvenir de Jean-Jean. Jamais vu un chien de chasse aussi crétin. En plus, il est sourd. Je me demande encore pourquoi Jean-Jean a gardé cette bestiole aussi longtemps…

— Peut-être qu'il aimait son chien ? Vous pouvez décrire le Sécateur ? Demande Clémentine.

— Grand, très grand, gros, très gros, noir, très noir, silencieux, il faisait presque noir, rien vu de plus.

— Vous l'avez vu partir ?

— A l'heure de la chasse, il fait noir, on ne voit plus rien. Il peut être n'importe où. Je ne retournerai pas là-bas tant qu'il n'aura pas été tué. J'irai seulement récupérer mes canes d'appel.

— Des canes d'appel ? Demande Philomène.

— Oui, on met des canes dans des cages, elles appellent les colverts le soir pour les inciter à venir sur l'étang.

— Des salopes de canes qui piègent leurs congénères, reprend Philomène, c'est dégueulasse.

— Modère tes mots, demande Clémentine, tu n'es pas chez toi.

— Oui mais quand même. C'est pas bien, pas bien du tout de leur part.

— Monsieur Gropied, nous allons prendre congé. Mille mercis de nous avoir reçues, et merci pour ce, ces petits verres. Je crois que ma collègue a besoin de repos.

— Au plaisir mesdemoiselles. Merci d'avoir illuminé ma peine de votre présence.

— Mon copain Gropied, dit Philomène qui a définitivement perdu le sens des réalités, t'es trop gentil, et ton vin, il est trop bon, ta cave est trop bonne. J'aime trop que je, non, nous revenir te voir car trop triste, petits morceaux, tous morts, saleté de Sécateur et son puzzle à la con. Je reviendrai, cool, sans chewing-gum, primo, non promis.

Gilbert et Clémentine la raccompagnent dans la voiture. Clémentine démarre lentement, le regard inquiet sur l'état de

Philomène. Elle s'arrête après 1 km pour qu'elle puisse éliminer son trop-plein. Direction le restaurant la Bosselle. Elle dépose Philomène dans une chambre de l'hôtel adjacent et va retrouver le commandant Bernard Bellebrute au restaurant, 20h30, pile à l'heure.

Chapitre 34

Bernard est déjà arrivé depuis un quart d'heure et l'attend au bar avec un verre de Coteaux-du-Layon.

— Un petit verre avant le dîner Clémentine ?

— Merci Bernard, mais je sors d'un apéritif avec Gilbert Gropied. Je ne recommence pas une deuxième fois.

— Vous n'étiez pas avec votre Philomène ?

— Bien sûr, mais elle a subi une violente attaque liquide. Elle est en état de déliquescence avancée à cause d'un désoiffage suivi d'un apéritif. Gilbert Gropied l'a touchée en plein corps, elle n'a rien compris. Elle cuve dans une chambre de l'hôtel de la bosselle, vaincue.

— Ah la jeunesse, invulnérable et si fragile.

— Je l'ai laissé faire, il faut qu'elle apprenne à maîtriser son environnement si elle veut progresser. Elle doit savoir dire non.

— Votre rencontre était intéressante au moins ?

— De quoi faire un bon article. On dîne ? J'ai une faim de Sécateur !

— Drôle, très drôle. Allons-y.

Ils s'installent à une table, près de la baie vitrée. Dehors, il fait noir d'encre. Etienne vient prendre leur commande.

— Salut Clémentine, dit Etienne, bonjour commandant, content de faire votre connaissance. Je suis le petit frère de Clémentine.

— Enchanté répond BB, donc, pas d'anonymat possible si je comprends bien. La mafia Chanterelle a des yeux et des oreilles partout.

— C'est l'inconvénient du coin, répond Clémentine. Tout le monde se connaît et on connaît tout le monde.

Le choix du menu est vite fait, léger et équilibré, BB ne souhaite pas se retrouver dans la même situation qu'au restaurant des pêcheurs, il garde un très mauvais souvenir de la nuit suivant les agapes. La conversation tourne autour de l'insaisissable Sécateur.

— On a l'impression, explique Bernard Bellebrute, que quand on le cherche, on ne le trouve pas et quand on ne le cherche pas, on le trouve.

— Oui, répond Clémentine, sauf pour Louis-Charles-Marie de La Tartetatin qui l'a trouvé deux fois et en a perdu les jambes.

— Miraculé, le Tartetatin, incroyable son histoire. Mais maintenant, il est devenu cul-de-jatte ce tartempion.

— Je suis troublée par le fait qu'il coupe net ses victimes, comme un couteau bien aiguisé. En général, les animaux déchi-quettent, arrachent mais ne coupent pas net comme ça !

— Il s'agit d'un animal unique en son genre. Seul son cadavre permettra de ré-pondre à cette question. Pour le moment, les gendarmes sillonnent le lac toute la journée, sans résultat. Pas l'ombre d'un Sécateur. Il se tapit dans la journée, il se sent traqué. Il fau-drait lui poser un piège géant. J'y songe. Mais comment et où ?

Les plats arrivent pendant leur discus-sion. Après la soupe, une entrée, le poisson, une viande, le fromage et deux desserts, Ber-nard demande.

— Vous êtes sûre d'avoir commandé tout ça ?

— Je crois qu'on a eu des petits extras de la cuisine.

— Bonjour Clémentine, dit la cuisi-nière en arrivant à leur table.

— Bonjour maman.

— Mes hommages Madame, dit le Commandant Bernard Bellebrute en se levant pour la saluer.

— Tu n'as pas l'air étonné de voir ma mère, Bernard !

— J'ai pris mes informations cette fois-ci. J'ai bien retenu la leçon de la dernière fois, information, anticipation, préparation et exécution. Et si je ne m'abuse, votre mari va débouler aussi de la cuisine.

On entend au loin un cri dans la cuisine après la chute d'une casserole « Fatalitas ».

— Et si ça se trouve, c'est le portrait craché de Bibi.

Effectivement, Bibi bis, en plus vieux, déboule de la cuisine, un grand sourire sur son visage, les mains en avant :

— Désolé de ce remue-ménage, difficile d'être discret, bonsoir jeune homme, enchanté de faire votre connaissance. Bonsoir Clémentine. Est-ce que le dîner vous a plu ?

— Délicieux, vraiment, merci infiniment. Copieux et bon, très copieux.

— On n'est pas chez les parigots ici, il faut qu'il y en ait dans l'assiette. Pas étonnant qu'ils soient tous pâles à Paris. Des navets, ils ne savent pas manger. Bon, mémère, tu viens finir dans la cuisine, on revient dans 10 minutes boire un petit verre avec vous.

Les parents partis, ils reparlent de l'idée du piège géant. Attirer le monstre dans un coin du lac, une douve, avec des morceaux de viande, le bloquer dans un large trou hérissé de pics, le piège prend forme dans la tête de Bernard. Oui, c'est ça la solution. Ne pas courir après le gibier mais attirer le gibier et le coincer. Cela semble trop facile. Il va en parler à Gédéon Bourru, c'est le spécialiste idéal du piégeage en tant que garde-chasse patenté. Les parents de Clémentine reviennent avec une bouteille.

— Liqueur d'amande, vous m'en direz des nouvelles.

— Si c'est la même qu'au restaurant des pêcheurs, elle est fameuse, réplique Bernard.

— Vous allez essayer d'en boire un peu moins, lui susurre Clémentine, vous aviez un peu abusé la dernière fois.

C'est à ce moment qu'une voix forte se fait entendre au bar.

— Et il n'y a personne pour me servir une tisane ?

Clémentine se penche vers Bernard :

— C'est grand-mère, du côté de papa, elle est veuve. Sa maison est à côté et elle vient boire une tisane de temps en temps le soir quand elle se sent seule.

— Décidemment, c'est une manie chez vos grand-mères. J'aurai vu toute la famille en peu de temps…

— Pas toute, nous sommes dix enfants.

— Dix ?

— Dix, tu n'en connais que trois, moi, Etienne et Bibi.

— Dix, quelle famille !

— Et tous en bonne santé. Clémentine cherche un mari, dit Madame Chanterelle.

— Maman, tais-toi. C'est un dîner de travail, on parle boulot.

— Le travail, c'est dans la journée, le soir, c'est pour la détente.

— Désolé réplique Bernard, mais je suis gendarme, responsable à Saint Philbert sur le terrain H 24 s'il le faut.

Mariette, la grand-mère de Clémentine s'approche avec sa tisane. Il faut imaginer le père de Clémentine avec une perruque, 1,80 m et toute fine. Elle embrasse Clémentine, en profite pour embrasser Bernard et s'assoie :

— C'est embarrassant, dit Bernard.

— Vous êtes charmant, dit Mariette. Je suis très heureuse de rencontrer l'amoureux de Clémentine. Tout le monde en parle.

— Relation de travail seulement, réplique Bernard en rougissant.

— Oui oui, on dit ça. Chacun sa méthode. Il faut que je vous raconte. Mon regretté mari m'a emmené sur le lac de Grand-Lieu, soi-disant pour me le faire découvrir. Il était pêcheur et voulait me présenter à ses collègues. J'étais très jeune et très naïve. Au début du siècle dernier, on pouvait aller se promener sur le lac et même s'y baigner. Gaston, mon futur mari, m'a promenée sur une plate, avec une perche car nous n'avions pas de moteur. Il faisait comme les italiens à Venise sur leur gondole, il parlait tout le temps et chantait. Il chantait bien, une belle voix de ténor. On s'est perdu dans les marais et j'ai toujours pensé qu'il avait fait exprès pour me faire peur, hi hi hi, je ris encore de ma bêtise. Il m'a fait des grands discours et 9 mois après, mon premier enfant est né. Je ne vous choque pas jeune homme quand même ? demande Mariette en regardant BB.

— J'en ai vu et entendu d'autres, chère Madame.

— Chère Madame, quelle élégance et quelle délicatesse, s'exclame Mariette. Clémentine, il faut l'adopter tout de suite, il me plaît ton homme.

— Grand-mère, ne t'énerve pas. Laisse-nous faire. Si vous pouviez nous laisser un peu tranquille, nous avons un piège à créer pour attraper le monstre.

— Surtout pas ! Rétorque sa mère. Depuis qu'il est là, l'hôtel est plein en permanence et nous n'avons jamais servi autant de repas. Ce monstre est une bénédiction pour le commerce.

— Mais pas pour ses victimes, réplique Bernard Bellebrute.

— Désolée, je ne suis pas très correcte avec les victimes. Néanmoins, tant qu'il ne sera pas tué, nous en tirerons un bénéfice appréciable. Bon, ce n'est pas que je m'ennuie, mais faut que j'aille surveiller ta Philomène. Aux dernières nouvelles, elle ronflait.

— Elle doit faire un article pour demain, dit Clémentine en soupirant. Je doute qu'elle puisse aligner trois mots après sa cuite de ce soir.

La mère et la grand-mère de Clémentine s'éloignent. N'écoutant que son courage, BB propose à Clémentine :

— Mon logement est tout près, nous pourrions y aller pour travailler tranquillement, sans être dérangé ou surveillé par votre famille ?

— Si c'est pour travailler, cher Bernard, je veux bien. Il ne faudra pas que je rentre trop tard, je vais être obligée d'écrire l'article de Philomène pour le journal.

Ils se lèvent et quittent l'établissement, après avoir salué toute la famille et essuyé un commentaire de Mariette joignant les mains en les regardant d'un air attendri :

— Qu'ils sont mignons tous les deux !

Clémentine lui jette un regard noir en partant. Philomène reste sous la surveillance de sa mère.

La maison de Bernard est à 300 m. Ils cheminent à pied. Bernard fait des commentaires élogieux sur la cuisine et le restaurant de ses parents, Clémentine lui parle de son travail, du monstre, de sa mise à mort. Ils arrivent devant la porte de sa maison. Un ouah ouah retentissant confirme que Sauvage a reconnu les pas de son maître.

— Mais comment fait-il pour faire ses besoins quand vous êtes absents ? Demande Clémentine très pragmatique.

— J'ai fait installer une grande chatière pour qu'il aille dehors. Le jardin est clôturé, il ne peut pas s'échapper.

— Une chientière alors !

— Si tu veux.

— On se tutoie maintenant ?

— Cela m'a échappé. Désolé, c'est très gênant. Je peux te tutoyer Clémentine ?

— Avec plaisir Bernard. Tu ouvres cette porte ou on reste dans le froid ?

Le setter anglais se jette sur Bernard pour lui lécher le visage. Il lui fait une fête monstrueuse, comme s'il ne l'avait pas vu depuis dix ans. Bernard vérifie que la voisine lui a bien donné sa nourriture du soir pendant que Clémentine examine sa maison, agréable, propre, rangée, douillette. Bernard est parti dans la cuisine :

— Tu veux une tisane ou une tisane ?

— Une tisane s'il te plaît, je préfère.

— Installe-toi dans le salon, j'arrive.

Cinq minutes plus tard, Bernard apporte un plateau avec les breuvages. Clémentine est installée dans le canapé. Il s'assoit à côté d'elle.

— Qu'as-tu choisi comme tisane pour moi Bernard ?

— C'est un mélange qui s'appelle "Amour Tendre".

— Comme c'est romantique.

Il tourne la tête vers Clémentine, il prend sa respiration, essaye de dire quelque chose mais fini par bredouiller une phrase incompréhensible. Toujours sa timidité à fleur de peau.

— Bernard, réponds-moi franchement. As-tu vraiment des sentiments pour moi ou de la bouillie dans la bouche ?

— Clémentine, parvient-il à prononcer, le premier jour à Passay, dans la brume du matin, tu m'es apparue comme un rayon de soleil…

— Bernard, je ne suis pas insensible à ton charme. En plus, l'uniforme te va si bien, et ta moustache, ta moustache…

Leurs visages se rapprochent doucement.

Le téléphone sonne, Sauvage aboie, le charme est rompu. Bernard décroche :

— Commandant Bellebrute j'écoute.

— Commandant, désolé de vous déranger, explique Blanchin, de garde à la gendarmerie. Le Sécateur a fait un massacre.

— Un massacre ? Eclairez-moi.

— A Passay, le troupeau de vaches a été attaqué par le Sécateur.

— Et il faut que j'y aille ?

— Bien sûr, c'est vous le chef et je dois rester à la gendarmerie.

— OK, je file. Qui peut m'accompagner ?

— La stagiaire Paulette Peaudeau. Elle arrivera devant chez vous dans 5 minutes.

— D'accord, je me prépare.

Il regarde Clémentine et lui explique le problème. Il est d'accord pour qu'elle l'accompagne. Elle le suivra avec sa voiture.

Chapitre 35

Il est 23h30, la nuit est tombée depuis longtemps. Les deux voitures se garent sur le parking de Passay où Gédéon Bourru les attend. Il leur explique que des gens de Passay ont entendu des beuglements inhabituels et l'ont appelé. Il est arrivé rapidement et a découvert le massacre du troupeau de vaches.

Ils cheminent tous les quatre jusqu'au pâturage. À la lampe de poche, ils constatent les dégâts du monstre. Une douzaine de vaches sont mortes avec des morceaux éparpillés dans tous les sens. Clémentine fait des photos.

— C'est monstrueux les dégâts de ce Sécateur, dit Bernard. Il a coupé dans tous les sens, c'est un viandard, il tue pour son plaisir. Mais que font ces vaches dans ce coin au bord du lac ? Il n'y a pas de ferme autour pourtant ?

— C'est un troupeau de vaches nantaises explique Gédéon Bourru, une race en perdition qui est élevée ici, au bord du marais, en semi-liberté. Quand le lac est encore bas, le troupeau reste ici, en autonomie complète, l'eau et l'herbe sont disponibles à profusion. En hiver, un fermier les garde au chaud, une espèce de transhumance si on veut. Tant que l'eau n'est pas montée, elles restent là.

Ils continuent d'examiner les lieux.

— Nom de Dieu, s'exclame Gédéon Bourru, je m'suis cassé la gueule. Qu'est-ce que c'est que ce truc dur sur le sol.

Il éclaire l'endroit et découvre un bras, seul, avec une main crispée sur un appareil photo.

— Commandant Bellebrute, un membre supérieur au tapis, et c'est pas d'la vache, ça c'est sûr, venez vite !

Ils se retrouvent tous les quatre autour du bras coupé.

— Il s'agit très certainement du bras de Bastien Focal, explique Clémentine. Je reconnais son appareil photo. Il a probablement essayé de prendre de meilleures photos du monstre du lac pour en tirer un bon prix. Quelle tristesse pour lui. Il aura quand même son heure de gloire dans le journal, à la rubrique nécrologique.

— On ne touche à rien, dit BB, je vais faire intervenir la police scientifique, nous avons encore un nouveau meurtre sur le dos à mettre sur le compte du Sécateur. Quelle plaie.

Et il regarde Clémentine d'un air chagrin, regrettant le doux moment sur son canapé. C'est alors que sonnent les cloches sur le lac, il est minuit, Herbauges pleure un nouveau mort.

Chapitre 36

Clémentine, assise à son bureau, appelle l'hôtel "la bosselle" :

— Maman, tu peux me passer Philomène s'il te plaît ?

— Elle prend son petit-déjeuner. Pas très fraiche ta Philo, une haleine de chacal et le visage fripé comme les fesses de Mariette.

— Pas très sympa pour les fesses de grand-mère.

Elle va chercher la stagiaire.

— Bonjour Philomène, tu comptes travailler aujourd'hui ? Demande Clémentine.

— S'il te plaît, parle moins fort, j'ai un TGV dans la tête.

— Philo, tu comptes travailler aujourd'hui ? Hurle Clémentine. Tu as fait ton article sur les chasseurs ? Je l'attends !

— Non mais non, pas du tout, j'ai rien fait du tout, je me souviens de rien. Si, je me souviens, on est allé chez Monsieur Grozorteil et puis j'ai bu de l'apéritif, et puis j'ai posé des questions, et puis, et puis, et puis j'ai un trou. Et ce matin, ta maman m'a réveillée à 11 heures. Je sais même pas comment je suis arrivée là.

— Tu étais chez Gilbert Grospied, tu as bu, il t'a draguée, je t'ai laissée avec lui, tu as probablement fait des galipettes dans son lit et il t'a déposé à l'hôtel ce matin.

— Tu es sûre ? Ça devait être sympa, quel dommage, je me souviens de rien. Heureusement que je prends la pilule, ça me ferait chier d'être enceinte.

— Philo ! Réveille-toi ! Tu racontes n'importe quoi ! Tu es rentrée avec moi, t'as dégueulé et je t'ai couchée complètement naze dans une chambre d'hôtel. Tu me refais un coup pareil et je le dis à ton père. Pas question de te couvrir deux fois. Tu prends le premier car pour Nantes et tu viens travailler fissa !

Clémentine raccroche, contente d'avoir mouché sa stagiaire. Elle téléphone à Bernard avec une voix de miel :

— Bernard, on se voit ce soir ?

— Clémentine, quel dommage hier soir, le Sécateur nous a coupé notre soirée. Bien sûr, je suis ton obligé. Ce soir, je t'organise un dîner chez moi, rien que nous et toi.

— Nous ?

— Sauvage, moi et toi.

— D'accord Bernard, j'attends ce soir avec impatience. Des nouvelles du médecin légiste et de l'appareil photo ?

— Mauvaise nouvelle, aucune photo du monstre sur la carte mémoire. Les premières constatations confirment qu'il s'agit effectivement de Bastien Focal. Néanmoins, nous attendons la confirmation de l'ADN.

— Ok, merci pour ces nouvelles, je viendrai vers 20h30, ça te va ?

— Parfait, à ce soir Clémentine.

— A ce soir Bernard.

Chapitre 37

Assis dans son bureau, Bernard Bellebrute réfléchit à son piège. Il a convoqué Gédéon Bourru pour discuter de sa faisabilité.
Le téléphone sonne :

— Procureur Emile Poireau à l'appareil. Alors, Commandant Bellebrute, encore
un meurtre sur les bras, pardon, c'est une ma-
nière de parler, c'est vrai que le dernier cadavre se résume à un bras. Où en êtes-vous
avec ce monstre ? Donnez-moi des faits, des
faits et des résultats !

— Bonjour Monsieur le Procureur.
Des faits ? Deux pêcheurs tués, deux chasseurs tués, un photographe tué, un chasseur
cul-de-jatte, un sanglier coupé en deux, la
moitié d'un troupeau de vaches décimé,
quatre aéroglisseurs qui sillonnent le lac toute
la journée avec des armes, des madistes qui
foutent le bordel et un monstre invisible !
Voilà les faits.

— Et alors, la suite des évènements ?

— J'ai eu une idée lumineuse Monsieur le Procureur. Puisqu'on ne trouve pas le
Sécateur, le Sécateur va venir à nous. Nous
allons lui tendre un piège géant. J'attends le
garde-chasse du lac pour valider l'idée du
piège.

— Magnifique Commandant, vous
êtes plein de ressources !

— J'essaye.

— Mettez votre piège en place et dites-moi lorsqu'il sera opérationnel, il faudra que je vienne voir cela.

— Pas de problème, je vous tiendrai au courant. Mes respects Monsieur le Procureur.

— Bonne journée, à bientôt pour voir le piège. Je compte sur vous et n'oubliez pas, votre promotion dépend de vos résultats.

Et il raccroche. Bon début de matinée se dit Bernard. Il ne manquerait plus que le Préfet pour que cela soit complet. Le téléphone sonne :

— Secrétaire du Préfet Chassdo, Commandant Bellebrute ?

— Lui-même, répond-t-il avec un gros soupir.

— Ne quittez pas, je vous passe le Préfet.

— Commandant Bellebrute, Préfet Chassdo à l'appareil. Comment allez-vous ?

— Bien et mal. Je vais bien, mais on a du mal à attraper le monstre.

— Dites-moi Commandant, vous allez monopoliser longtemps cet escadron de gendarmerie sur le lac ? Ils font chou blanc si je ne m'abuse. Que comptez-vous faire ?

— Un piège. Puisque nous n'arrivons pas à trouver le monstre, c'est lui qui va nous trouver. Nous allons faire un piège géant. J'ai rendez-vous avec le garde-chasse Gédéon

Bourru pour organiser ce piège. Je vous tiendrai au courant.

— Magnifique ! Splendide ! Belle initiative Commandant Bellebrute. Vous avez eu une très bonne idée.

— J'essaye.

— Vous essayez quoi ?

— D'avoir de bonnes idées bien sûr !

— Bien, si vous n'y voyez pas d'inconvénient, je vous retire l'escadron du Capitaine Pivert et vous vous débrouillerez avec votre garde-chasse.

— Comme vous voulez.

— Il faut que cette affaire soit terminée dans les plus brefs délais. J'en ai assez de voir ces informations catastrophiques sur notre belle région. Il est temps que cela finisse. Tout le monde ne parle que de ça et les politiciens commencent à nous critiquer. Certains partis politiques se permettent de parler d'incompétence du gouvernement.

— Tout est mis en œuvre pour tuer le monstre, je vous l'affirme haut et fort. On est juste un peu gênés par les madistes mais on se débrouille malgré tout !

— Commandant, je compte sur vous, à bientôt.

Et il raccroche sèchement.

— Bien le bonjour Monsieur le Préfet, dit BB en raccrochant doucement le combiné.

Bernard réfléchit : "Bon, en résumé, je viens de me faire moucher par le Préfet, il me retire les renforts et me laisse me débrouiller tout seul. Quelle merde ce Sécateur. Côté positif, j'ai rencontré Clémentine, elle est belle Clémentine, d'un autre côté, pas de résultat. Il pleut, il fait froid, les jours sont de plus en plus courts, les feuilles tombent, le lac va monter. Bon, méthode Coué, j'ai la banane et on y croit."

Le téléphone sonne :

— Monsieur Bourru est arrivé, je le fais entrer ? Lui demande la réceptionniste.

— Volontiers, merci.

Le garde-chasse est introduit dans son bureau. Bernard aime cet homme rude plein de bon sens qui passe sa vie dehors pour la sauvegarde du lac.

— Commandant, j'ai réfléchi à votre idée de piège mais cet animal géant ne va pas être facile à prendre. Vous le voulez vivant ou mort ?

— Plutôt mort si possible. Asseyez-vous et je vous explique d'abord mon idée, si vous le voulez bien.

— Je vous écoute.

— Je propose de creuser une fosse très profonde avec des pics pointés vers le haut. On met une chèvre au fond et le tour est joué.

— Bonne idée, mais il pleut et il va pleuvoir de plus en plus. Le piège sera inondé,

168

la chèvre va se noyer et il me semble que le Sécateur nage. De plus, si vous creusez sous le niveau du lac, sachant que le sol est sablonneux, l'eau va s'infiltrer même s'il ne pleut pas.

— Et si on met une pompe au fond ?

— Vous pensez que le bruit va l'attirer ? Oubliez cette fosse.

— Autre idée. On fait une grosse cage métallique et on met une chèvre dedans, explique Bernard. Par un mécanisme, quand le monstre rentre dedans, la cage se ferme et il est pris. Boum ! Coup de fusil et il est mort.

— Vu la grandeur du monstre, combien de mois pour créer une cage sur mesure ? Sachant qu'on ne connaît pas sa taille.

— On achète une cage à éléphant et on l'aménage.

— Ok, je vais chercher une cage à éléphant sur "Le Bon Coin". Je vous tiens au courant. D'autres idées ?

— Ben…

— C'est une anguille géante. Comment on attrape une anguille ?

— Je ne sais pas, je n'en ai jamais pêché.

— Avec une bosselle, explique Gédéon Bourru. C'est comme un entonnoir, l'anguille rentre par un trou et ne trouve pas la sortie. Il faut utiliser le même principe. On va construire un entonnoir géant avec un filet

169

très solide qui va déboucher sur une grosse buse de 3 mètres de diamètre, avec une chèvre au bout. Autour de la chèvre, une petite cage métallique très solide pour qu'il ne puisse pas la démolir et un collet à la sortie de la buse.

— Quelle bonne idée, vous êtes génial !

— Je sais.

— Et où allons-nous mettre cette buse ?

— J'ai pensé la placer devant l'ancienne maison de chasse de Guerlain, dans le canal du Large à côté de la douve du Vergne. L'accès est facile.

— Ce doit être faisable. Vous pensez que cela va coûter cher ?

— Je ne le pense pas.

— Alors vous avez mon feu vert. Soyez rapide dans vos préparatifs, priorité absolue et ne vous faites pas découper par ce monstre.

— Après ce qu'il a fait aux vaches hier soir, il doit être dans un coin en train de digérer.

— Merci Monsieur Bourru, je sais que je peux compter sur vous. Le Préfet vient de me retirer l'escadron de Pivert, nous ne pouvons compter que sur nous-mêmes pour tuer ce monstre. Je me sentirais bien seul sans vous.

— Pas de problème Commandant. Je ferai tout pour tuer cette bestiole. A bientôt Commandant.

Il part, BB a le sourire, Gédéon Bourru fera le bon piège. Le monstre tué, il aura plus de temps pour s'occuper de Clémentine.

Chapitre 38

Anselme Blanchard sonne à la porte de sa belle-fille. C'est mercredi, pas d'école aujourd'hui. Juliette lui ouvre.

— Bonjour ma bru, comment vas-tu ?

— Couci-couça. C'est dur, mais je suis bien entourée par les amis et la famille. Je suis surtout inquiète pour Julien. Il ne parle que du monstre, il est en boucle. Vivement que l'on tue cette bestiole.

— Si tu es d'accord, je voudrais l'emmener avec moi dans les bois pour la matinée.

— Est-ce bien raisonnable avec le Sécateur dans le coin ?

— De jour et sur terre, nous n'aurons pas de problème. Je ferai attention, promis.

— Je l'appelle. Il va être content, il aime bien venir avec vous.

Quelques minutes plus tard, Anselme et Julien cheminent vers le bois, main dans la main.

— Qu'est-ce qu'on va faire grand-père, on va cueillir des champignons ?

— Non, pas aujourd'hui.

— Alors on se promène seulement ?

— Non, pas aujourd'hui.

— On va couper des arbres ?

— Non, pas aujourd'hui.

— On va mettre des pièges pour les ragondins ?

— Non, pas aujourd'hui.

— Alors, on fait quoi aujourd'hui ?

— On va écouter la forêt.

— Ecouter la forêt ?

— Oui, je vais t'apprendre à écouter la forêt.

— C'est pas difficile, il suffit de se taire, de ne plus parler. En fait, si, c'est difficile de ne pas parler. Tu as raison grand-père, on n'écoute pas assez. La maîtresse me dit tout le temps de me taire. Mais j'ai tellement de chose à dire que c'est pas facile de se taire. Tu vois, ma copine Sophie, celle qui est très jolie avec ses boucles dans ses cheveux. Sa mère passe beaucoup de temps à la coiffer, elle dit que c'est important d'avoir de beaux cheveux parce que les garçons aiment bien ça. Moi je m'en fiche complètement mais quand même, elle est vraiment très belle avec ses beaux cheveux. Hier elle a mis du parfum et…

— Ecoute Julien, tu entends ?

— Quoi ?

— Toi, on n'entend que toi.

— Oups, pardon grand-père. En fait, tu crois que je parle trop ?

— Non, mais il faut parfois garder le silence pour écouter.

— D'accord, mollusque et mouche cousue.

— Motus et bouche cousue, corrige le grand-père avec un léger sourire.

— Si tu veux.

Et ils cheminent presque silencieusement jusqu'à l'immense chêne tricentenaire dans les Grands-Rives. Le tabouret d'Anselme Blanchard est déjà installé. Il faudrait au moins trois personnes pour faire le tour du tronc avec leurs bras. Un peu plus loin, un autre tabouret est installé près d'un chêne plus petit.

— Tu vois Julien, ce sera ton arbre. Il est jeune, à peine 100 ans. Les deux fentes de chaque côté sont pour tes mains et j'ai creusé le sol pour tes pieds, il faut qu'ils soient au contact des racines. Enlève tes chaussures, assied-toi, mets les mains sous l'écorce et les pieds sur les racines.

— Ça va être froid. Tu es sûr qu'il n'y a pas des petites bêtes qui piquent ?

— Il y a des tas de petites bêtes qui ne piquent pas si tu ne les déranges pas. Vas-y installe-toi le plus confortablement possible. Fais-moi confiance.

Julien enlève ses chaussures, ses chaussettes et s'installe selon les indications de son grand-père.

— Tu colles bien ton oreille contre l'écorce. Ne parle plus, ne bouge plus, ferme tes yeux.

Anselme parle lentement, il murmure :

— Il faut que tu laisses ton esprit libre, une éponge, tu écoutes, n'essaye pas de comprendre, laisse ton imagination interpréter les signes à sa guise. Prends ton temps.

Il laisse passer quelques minutes, parlant de temps en temps. Julien fronce les sourcils, puis se détend progressivement, sa respiration devient régulière, tranquille.

— Découvre la forêt avec l'arbre, laisse-le te raconter son histoire, sa naissance, ses envies, son avenir, ses relations avec les autres arbres, son monde.

Julien ne dit toujours rien, un sourire se forme sur ses lèvres.

— Laisse-toi envahir par l'arbre, comme si tu devenais arbre toi-même et découvre la forêt, les autres arbres, les plantes, les animaux.

Julien parle doucement :

— C'est rigolo, trop rigolo. Il me dit que ses feuilles sont en train de tomber, comme tous les ans. Elles sont très abimées, il attend avec impatience d'avoir des nouvelles pousses. Il se sent tout faible, l'énergie du sol ne monte plus tout en haut. Il va dormir pendant l'hiver. Je sens les mésanges qui se posent dans les branches, je sens le vent qui le caresse, je vois les mouettes qui passent dans le ciel. Dis grand-père, c'est normal de voir tout ça alors que mes yeux sont fermés ?

— C'est normal, pour toi. Laisse l'esprit de la forêt entrer en toi. Raconte-moi encore.

— Il communique avec les autres arbres. Il a plein d'histoires à me raconter. Le vieux chêne et lui discutent régulièrement. Il me parle des sangliers qui passent, des martres, des lièvres, des chevreuils, des blaireaux, des renards, des ragondins et pleins d'autres. Il aime bien les souris qui lui chatouillent l'écorce. Il communique avec les herbes au bord du lac, la jussie, les roseaux, le myriophylle, mais pas avec les poissons.

— Incroyable Julien, tu es incroyable. Dis-lui au revoir, c'est suffisant pour aujourd'hui. Je n'ai jamais vu une telle acuité sensorielle.

Julien ouvre les yeux et regarde son grand-père comme au sortir d'un rêve. Avec un grand sourire, il explique :

— Grand-père, c'est trop génial ton truc, trop bien. Je me sentais léger, léger, comme dans un rêve. C'est pareil pour toi quand tu fais-ça ?

— Je pense que tu le fais mieux que moi, beaucoup mieux. Rentrons à la maison, il faut que tu te reposes un peu après une expérience pareille.

— Et on recommence quand ?

— Quand tu veux. Tu peux aussi essayer avec n'importe quelle plante, une herbe ou tout ce qui est vivant et en contact avec le sol.

— J'essaierai dans le jardin cet après-midi.

Ils rentrent tranquillement à Passay, Julien racontant son expérience :

— Tu sais grand-père, le petit chêne était content de me parler. Il va très bien, en pleine forme et il souhaite devenir grand et vieux comme le gros chêne. Il n'aime pas les sangliers. Il a un copain qui va mourir, un sanglier vient très souvent dormir sur ses racines et il lui abime l'écorce. L'écorce, c'est comme une peau, ça le protège. Sans écorce, il meurt. Les autres animaux, il les aime bien. Il a un peu peur aussi du pic-vert, celui qui fait des trous dans les troncs tu sais, et puis…

— Julien, écoute...

— Oui grand-père ?

— Le silence, écoute le silence.

— Oups, j'avais oublié. D'accord grand-père.

Ils cheminent, presque en silence.

Chapitre 39

Louis-Charles-Marie de la Tartetatin est allongé sur son lit, au centre de convalescence. Il explique à son majordome, secrétaire et homme à tout faire :

— Tu vois, Alfred, je n'ai pas été assez vigilant. J'ai fait une bêtise sur mon bateau. J'ai voulu me mettre debout alors que je n'avais qu'une jambe, une erreur de débutant.

— Oui maître adoré, répond Alfred avec une voix fatiguée.

— Et je me suis cassé la gueule. Heureusement, cela ne peut plus m'arriver, je n'ai plus de jambes. Je ne pourrai pas faire deux fois la même erreur. J'en ai assez de rester cloué au lit ou au fauteuil. Il est temps de retourner à l'action.

— Dans votre état ? S'insurge le fidèle serviteur.

— Ce ne sont pas quelques centimètres de moins qui vont m'empêcher de tenir un fusil quand même ! Mes bras sont intacts, ils sont forts, solides, des super-bras de Tartetatin. Tu vas me trouver un nouveau bateau, du lourd, pas facile à retourner avec une queue d'anguille géante. Tu rajoutes des fusées éclairantes, des détecteurs de présence, un bazooka, un fusil à éléphant, des grenades, de la viande, les GPS, et tout le reste. N'oublie pas de mettre une bouteille de rhum et le nouveau système d'évacuation rapide.

— Oui maître adoré.

— Demain soir, oui, pour demain soir. Tu viens me chercher après le dîner. Promenade dans le jardin, on s'éclipse et je reviens le lendemain avec mon trophée. Ce sera ma gloire, ma victoire, ma revanche, mon monstre à moi. Enfin, je vais rayonner sur le monde de la chasse, comme Dieu sur ses ouailles.

— En attendant, vous rampez comme un verre de terre, murmure Alfred.

— Tu as dit quoi ?

— En attendant, vous restez sur la terre.

— Une évidence, bien sûr. Demain, ce sera l'hallali du monstre !

— Tu ferais mieux de pas quitter ton lit, murmure Alfred.

— Tu as dit quoi ?

— Vous serez mieux dans votre lit, le temps que je prépare tout.

— Certainement. Je suis épuisé par mes réflexions profondes. Il faut que je prépare mon discours sur ma gloire. Le monde sera à mes pieds lorsque je l'aurai tué.

— À vos cuisses Monsieur, à vos cuisses.

— C'est une expression, saperlipopette ! Une expression, c'est imagé. Une expression ne reflète pas toujours la réalité nom de Dieu !

— Peut-être, mais si vous dites : « j'ai le monde à mes pieds » alors que vous n'avez pas de pied, cela va prêter à sourire. Pas moi bien sûr, je n'oserais pas, mais d'autres, des médisants, des jaloux, des détracteurs.

— Tu as raison mon bon Alfred. Heureusement que tu as les pieds sur terre. Toi au moins tu en as deux. Allez, laisse-moi. J'ai la tête qui bouillonne de mots. Mon discours s'y inscrit en lettres de feu, ça commence par « La providence m'a envoyé vers vous pour vous sauver. Mon courage n'a d'égal que ma grandeur, mon altruisme et ma beauté … »

— Je vous laisse maître adoré. J'ai à faire.

— A demain, fidèle serviteur, travaille et ne faiblit pas.

Chapitre 40

Fin de journée pour le Commandant Bellebrute rentré à son domicile. Le Lieutenant Pivert est parti avec ses troupes, lui laissant quand même un aéroglisseur. Le piège sera prêt rapidement. Gédéon Bourru est efficace et trouvera toute l'aide nécessaire. Ce soir, Clémentine vient dîner chez lui, en toute intimité. Pas de famille pour le déranger, personne ne sera au courant. Les vaches rescapées sont chez un fermier. Le dîner est commandé chez le traiteur et sera livré à 20h30. Coquilles Saint Jacques, lotte à l'américaine, fromage, vacherin, que du bonheur, sauf pour le porte-monnaie. Mais bon, quand on aime, on ne compte pas. Il a brossé Sauvage et l'a même parfumé un peu. Il rit, c'est la première fois qu'il parfume son chien. Pas normal, je ne suis pas dans mon état normal. « Je suis tout émoustillé » se dit-il en lissant sa moustache.

Clémentine n'est pas non plus dans son état normal. Elle a même fait un compliment sur le texte que lui a remis Philomène. Il est nul comme d'habitude, bourré de fautes d'orthographe et d'erreurs de syntaxe, mais elle devine entre les mots la bonne volonté de la stagiaire. Elle lui a dit « tu progresses, c'est bien ». Ce soir, Philomène passe sa soirée au théâtre Graslin, "Eugène Onéguine" de Tchaïkovski, elle va se régaler, pense-t-elle. Et demain, elle pondra son papier sur cet opéra, simple, efficace et lisible. Il est presque 20h30, elle arrive chez BB.

— Salut Clémentine.

Elle se retourne et voit un livreur apporter des colis, le dîner commandé par le Commandant Bellebrute.

— Bonjour Victor, c'est toi qui apportes le dîner manifestement. Ce sera bon au moins ?

— Délicieux. Tu dînes avec Monsieur Bellebrute ?

— On ne peut rien te cacher.

— Dîner intime alors, oh la la, trop sympa. Ne t'inquiète pas, je ne le dirai à personne, cela ne sortira pas du cercle familial.

— Trop gentil Victor.

Il sonne à la porte qui s'ouvre pratiquement instantanément.

— Monsieur Bellebrute, je vous apporte le dîner et ma sœur.

— Plaît-il ?

— C'est votre dîner et je vous laisse en tête à tête avec ma petite sœur puisque c'est un dîner pour deux, explique Victor.

— Tout le monde travaille dans les métiers de bouche dans votre famille ?

— Pas Clémentine. Elle n'a pas voulu. Cela vous fera 75 € avec les bouteilles. Vous

avez un papier pour les consignes de réchauf-
fage. Je reviendrai prendre les récipients à 23
heures.

Clémentine lui lance un regard noir.

— Non, je plaisante. Vous les dépose-
rez quand vous voudrez au magasin.

— Pas de problème.

Bernard paye et lui ferme prestement
la porte au nez. Il regarde Clémentine dans les
yeux, s'approche, pose un baiser furtif sur ses
lèvres et peste quand la sonnerie de la porte
d'entrée résonne. Il va ouvrir, c'est Victor.

— Monsieur, j'ai oublié de vous donner la carte des promotions, si vous voulez
encore faire appel à nous.

— Merci.

— Je vous souhaite une bonne soirée.

— Merci.

— Voilà voilà.

Et il dit plus fort :

— Bonsoir Clémentine !

Bernard referme la porte. Clémentine a
déjà commencé à déballer le dîner pendant
cet intermède.

— J'ai une faim de Sécateur, dit-elle.

— Le Sécateur serait plutôt du genre à
me couper l'appétit. Heureusement que tu es
là, Clémentine. Quand tu es avec moi, tous
mes soucis ont tendance à s'évaporer.

— Bernard, regarde-moi.

Elle lui prend la main. Le rouge monte aux joues de Bernard qui tourne la tête vers Clémentine. Il la regarde droit dans les yeux et n'ose rien dire. Ils sont immobiles face à face…

Sonnerie de la porte d'entrée.

— Qui que ce soit, je le mets dehors.

Il laisse Clémentine et va ouvrir la porte.

— Bonsoir, désolé de vous déranger. J'ai oublié de vous donner le petit cadeau de la maison, dit Victor. Vous êtes un nouveau client et nous offrons un petit ballotin de chocolat à tous nos nouveaux clients. Un petit cadeau pour fidéliser. C'est bien non ?

Bernard laisse échapper un gros soupir.

— Merci.

— Vous êtes content n'est-ce pas ?

— Oui.

— Alors c'est bien. Je ne devrais plus vous déranger.

— J'espère.

— Alors bonsoir.

— Bonsoir.

— Bonsoir Clémentine, crie Victor.

Bernard ferme la porte. Il retrouve Clémentine dans la cuisine.

— On mange d'abord, dit Clémentine, on reprendra ensuite là où nous en étions. Tel que c'est parti, Victor va revenir deux ou trois fois dans les prochaines heures. Je le connais, il ne nous lâchera pas.

— Quelle famille…

Effectivement, Clémentine a raison. Victor n'est revenu que trois fois. Il a apporté de la moutarde, inutile avec le poisson, puis de la sauce supplémentaire, au cas où il n'y en aurait pas assez, du café, offert par la maison et enfin grand-mère Mariette s'est invitée à prendre une tisane car elle passait par hasard, vraiment par hasard affirme-t-elle, devant la maison en même temps que Victor. Elle voulait juste échanger ses idées avec Bernard pour piéger le monstre. Puis sont venus les parents de Clémentine, qui cherchaient Mariette pour la raccompagner à son appartement…

— Clémentine, avons-nous l'espoir d'une certaine intimité ? murmure Bernard à l'oreille de Clémentine.

— Bernard, retrouvons-nous après-demain, à Nantes, chez moi. 20h30, dîner intime, c'est moi qui cuisine et pas de famille prévue, nous ne serons que trois.

— Trois ?

— Je te présenterai Lucifer.

— Lucifer ?

— Mon chat siamois.

— A jeudi Clémentine.

— A jeudi Bernard.

Et ils se quittent sous les regards indiscrets de Mariette, Victor et ses parents.

— Ils vont vraiment très bien ensemble, commente Mariette, un sourire radieux sur son visage.

Chapitre 41

Anselme est invité à déjeuner chez Julien et Juliette.

— Nous n'avons pas de poisson, Père Anselme, dit Juliette, il n'y a plus de pêche sur le lac.

— Ils n'ont toujours pas attrapé le Sécateur. Je le cherche moi aussi, mais je ne peux plus aller sur le lac. J'interroge les arbres mais ils n'en savent pas plus que nous. Gédéon est en train de construire un piège devant l'ancien repos de chasse de Guerlain. Un piège géant. Il sera terminé demain. Le Préfet viendra l'inaugurer, comme s'il fallait inaugurer un piège. C'est vraiment n'importe-quoi.

— Si ça pouvait marcher, ce serait un grand soulagement pour nous tous. Il en a fait des dégâts ce monstre. Tant qu'il sera là, la région ne sera pas sûre.

— Julien, as-tu essayé de travailler ton don ? demande Anselme en regardant son petit-fils.

— Oh oui ! Et ça marche drôlement bien. Tu veux que je te raconte ?

— Bien sûr.

— Alors voilà. Je me suis assis par terre et j'ai posé ma main sur l'herbe. J'ai fait comme tu m'as dit, respirer doucement, vider ma tête et tout et tout.

— Tu as ressenti quelque chose ?

— L'herbe m'a dit : « tu peux toujours me couper, je repousserai de toute façon ». Elle m'a raconté comment ça la chatouille quand un escargot la mange. Elle m'a dit que : « de toute façon, l'escargot va mourir, il va pourrir et j'en profiterai pour grandir encore plus ».

— C'est incroyable. Et encore ?

— Les plantes communiquent avec leurs racines et le truc des champignons ? Tu sais, il y a du milinium qui pousse partout, on s'en rend pas compte parce qu'il est sous la terre. Grâce à lui, j'ai pu parler avec mon chêne, il va bien. Il m'a dit qu'un hibou vient tous les soirs sur ses branches pour hululer. Il doit chercher une copine.

— Et puis ?

— C'est tout. C'est déjà pas mal tu trouves pas ?

— C'est très bien, mais ce n'est pas le milinium mais le mycélium des champignons. Si les plantes te donnent des informations sur le Sécateur, je suis preneur. Les gendarmes sont dans une impasse. Quoi qu'ils fassent, ils ne le trouvent pas. J'espère que le piège sera efficace.

— Promis, j'interrogerai les plantes. Elles ont encore plein de choses à me dire, mais l'hiver approche et elles s'endorment un peu… Je pense que la communication sera meilleure au printemps.

— Tu fais ce que tu peux Julien.

Chapitre 42

Il est 14 heures ce jeudi. Les maires des villages situés autour du lac de Grand-Lieu sont présents sur la grève devant le repos de chasse, en face du grand canal. Il s'agit des maires de Bouaye, Sainte Pazanne, Port-Saint-Père, Saint Mars de Coutais, Saint Lumine de Coutais, Saint Philbert de Grand-Lieu, La Chevrolière, Pont-Saint Martin et Saint Aignan de Grand-Lieu. Plusieurs membres des conseils municipaux sont aussi présents. Gédéon Bourru a mis une cravate et une casquette neuve pour l'occasion. Il est très fier de son piège géant. Les journalistes sont conviés dont bien sûr Clémentine et Philomène. La fanfare de Saint Philbert de Grand-Lieu, "l'harmonie Saint-Michel", est présente, pour donner un caractère joyeux à l'inauguration.

L'immense piège trône au milieu du canal. Un filet métallique géant est accroché de chaque côté sur les berges et forme un vaste entonnoir jusqu'à l'entrée d'une buse à moitié immergée. Au bout de cette buse d'une vingtaine de mètres, dans une cage métallique est enfermée une adorable petite chèvre qui bêle d'inquiétude. Entre la buse et la chèvre, un collet en acier renforcé est installé pour étrangler le monstre à son passage.

Clémentine demande à Bernard en aparté :

— Bernard, je souhaite prendre des photos du piège vu du ciel pour le journal. Puis-je faire décoller mon drone ?

— Tu sais t'en servir ?

— J'ai passé tous les brevets pour cela.

— Ce n'est pas dangereux pour les spectateurs ?

— Pas avec moi.

— Alors d'accord. Tu pourras me montrer après la cérémonie comment ça marche ?

— Je veux bien, mais il faut que tu saches que ce n'est pas un jeu mais un outil de travail.

Le Préfet Chassdo arrive avec un retard calculé. Il est important pour lui d'arriver toujours le dernier, se faire désirer est son leitmotiv. L'harmonie Saint Michel entame "la danse des canards", afin de rester dans le ton du lac. Un ruban est tendu entre deux poteaux en face de la cage qui emprisonne la chèvre. Elle bêle de plus en plus fort, paniquée par le monde et le bruit.

Le Préfet serre avidement toutes les mains. L'harmonie se tait. Bernard Bellebrute prend la parole :

— Monsieur le Préfet, Mesdames et Messieurs les maires, chers amis, voici le moment d'inaugurer ce piège géant pour attraper

le monstre du lac. Merci à Monsieur Gédéon
Bourru d'avoir œuvré avec diligence pour
créer ce piège. Merci à tous de votre présence.
Je laisse la parole au Préfet Chassdo.

— Merci Commandant Bellebrute.
Mes chères concitoyennes, mes chers concitoyens, il est temps que le calme revienne. Ce
monstre, cette anguille géante, ce Sécateur
comme l'appellent certaines personnes est
une calamité pour notre belle région. Je
souffre, nous souffrons de sa présence. Il
tranche, découpe, lacère, broie nos familles,
nos amis, nos vaches, nos sangliers. Il sème
la terreur et détruit des vies. Il doit mourir !
Le Commandant Bellebrute a eu l'idée de
créer ce piège géant. Monsieur Bourru l'a mis
en place et ils m'ont promis de tuer la bête.
Demain, je l'espère, le monstre sera mort et
nous retrouverons notre quiétude. Mes amis,
merci de votre présence. Maintenant, je vais
découper ce ruban, comme le Sécateur découpe ses proies. J'aime bien couper les rubans.

Il joint le geste à la parole, très content
de son discours. Applaudissement, musique,
puis verre de l'amitié dans l'ancienne cuisine
du repos de chasse. Une caméra avec vision
nocturne est posée sur la terrasse en direction
du piège. Monsieur Bourru est chargé de le
surveiller. L'image est retransmise via internet sur plusieurs écrans dont l'un est situé à

l'accueil de la gendarmerie de Saint Philbert de Grand-Lieu. L'accès à l'image est possible sur l'importe quel smartphone ou ordinateur via un code, la haute technologie au service du piège.

Les notables sont partis, seules quelques personnes s'attardent dont Philomène, Clémentine et Bernard. Ils discutent sur la terrasse, en face du grand canal, la vue est magnifique.

— Quel beau paysage ! S'exclame Philomène. Au moins, grâce au Sécateur, j'ai découvert ce vachement bel endroit.

— Je suis contente que tu apprécies Philo, lui répond Clémentine. Les téléphones portables ne remplaceront jamais la beauté de la nature. Regarde, respire, apprécie et prend le temps.

— Je suis heureux, explique Bernard. Heureux d'être avec toi, Clémentine, grâce au Sécateur. Ce monstre qui va mourir nous a fait nous rencontrer et cela restera un moment inoubliable.

— Faut pas vendre la peau de l'ours avant de l'avoir tué, réplique Philomène. Le monstre n'est pas mort. Il n'a peut-être pas fini son puzzle.

— Vous avez peut-être raison Philomène. Néanmoins, je crois que nous avons choisi la bonne solution. Il n'y a plus qu'à attendre. Clémentine, tu veux bien me montrer comment marche ton drone ?

— Volontiers.

Elle sort de sa mallette le petit appareil volant doté d'une caméra. Elle change la batterie et lui explique la manipulation des commandes. Très simple. Il faut imaginer être dans l'appareil et le piloter comme un avion. Un jeu d'enfant semble-t-il.

Clémentine fait décoller le drone de la terrasse. Il n'y a pas de vent ce qui facilite le pilotage. Elle lui fait faire un petit tour et le fait atterrir. Bernard prend les commandes. Le drone décolle, tourne et fait un petit tour au-dessus de lui. Il s'enhardit et accélère un peu.

— C'est vraiment facile, dit-il, très simple à manipuler, très amusant.

Il prend un peu d'assurance et d'un coup, s'emmêle les manettes. Il voit le drone se rapprocher de lui à toute vitesse. Par réflexe, il recule brutalement et tombe par-dessus la rambarde de la terrasse. Quatre mètres de haut.

L'émotion est à son comble. Tous se précipitent au bord de la terrasse pour découvrir Bernard Bellebrute gisant sur le dos, immobile, les yeux grands ouverts. Clémentine, Philomène et Gédéon Bourru se précipitent au pied de la maison. Bernard cligne des yeux. Il est vivant, il a mal au dos, très mal, il ne sent plus ses jambes. Clémentine téléphone aux pompiers Ils arrivent rapidement et font appel au SAMU. L'hélicoptère du SAMU est requis. Le Commandant est mis sur une civière, hélitreuillé puis transporté à l'hôpital de Nantes.

Clémentine est triste, très triste. Elle imagine Bernard paralysé. Ils se faisaient une telle joie de leur soirée en tête à tête. Ses larmes coulent lorsqu'elle voit l'hélicoptère s'éloigner dans le ciel. Philomène lui prend la main, gentiment, avec délicatesse :

— Si ça se trouve, il est juste un tout petit peu paralysé, dit-elle pour lui remonter le moral.

— Ou totalement, lui répond Clémentine. Saleté de Sécateur, nous n'en serions pas là s'il n'existait pas. Quelle tristesse.

Elles rentrent à Nantes après avoir récupéré le drone cabossé.

Chapitre 43

Clémentine dépose Philomène au journal et se rend au CHU pour retrouver Bernard. Elle n'imagine pas leur amour naissant s'éteindre si brutalement.

Après plusieurs heures d'attente, elle peut enfin le voir. Bernard est allongé sur un lit, seul dans une chambre double. Le médecin est rassurant, deux vertèbres fracturées sans déplacement, pas d'atteinte de la moelle épinière, il devrait guérir sans séquelle. Repos obligatoire pendant deux mois, alité avec un corset. La morphine soulage ses douleurs. Il est calme. Clémentine lui prend la main, Bernard se retourne vers elle, les yeux tristes, la moustache en bataille.

— Bernard, tu nous as fait peur, très peur.

— Clémentine, quel désastre. Je suis vraiment désolé pour ton drone, pour notre soirée, pourras-tu me pardonner ?

— Pardonner ? Je ne sais pas, il faudra que tu fasses beaucoup d'efforts pour te faire pardonner.

— Clémentine, je vais être bloqué pendant deux mois. Auras-tu la patience de m'attendre ?

— Bien sûr mon gros nigaud.

Et elle l'embrasse d'un baiser fougueux, interrompu par l'arrivée de l'infirmière :

— Visites terminées, le blessé doit se reposer, tout le monde s'en va. On prend la tension, la température, on va dîner et puis dodo. Il va être gentil le Monsieur et pas embêter l'infirmière qui a beaucoup de travail.

Clémentine est obligée de partir, promettant à Bernard de revenir pour le cajoler. Bernard est aux anges Leur amour platonique va s'épanouir pendant ces deux mois.

Chapitre 44

Cette nuit, Bernard dort mal, à l'affût du moindre bruit. Il découvre l'hôpital de l'intérieur. Lors des quelques visites à des collègues blessés, courtes visites, le côté aseptisé et froid de la médecine ne lui avait pas plu. Il repense à sa journée, à sa bêtise, à Clémentine, à sa soirée gâchée. Et si le monstre est piégé cette nuit ? Il ne le verra même pas. Et qui va le remplacer ? Est-ce que Gédéon Bourru va pouvoir se débrouiller sans lui ? Il transpire, bouge beaucoup, cherchant une position confortable et après un long moment, s'assoupit enfin. Bernard rêve du monstre en forme de drone volant avec plusieurs hélices de chaque côté. Il ondule dans le ciel au-dessus du lac parmi les oiseaux, l'aperçoit et fonce sur lui. Paralysé par la peur, Bernard ne peut pas bouger. Le monstre attrape sa tête dans sa gueule et l'arrache avec le bruit d'une bouteille de vin qu'on débouche. Il se réveille en sursaut dans son lit, le visage en sueur. La lumière de sa chambre s'allume. Un homme est déposé délicatement dans le lit voisin puis les brancardiers s'éloignent. L'infirmière arrive, s'occupe du malade, lui demande de se calmer et s'éloigne. Il entend son voisin marmonner :

— Foutu, je suis foutu. Ma vie ne vaut plus rien. Autant mourir. Pourquoi ne suis-je pas mort ? Avant, j'étais beau, grand et fort, maintenant je ne suis que l'ombre de moi-même, un déchet humain, une rognure, une raclure.

Bernard lui demande :

— Vous êtes Monsieur Louis-Charles-Marie de la Tartetatin ? Je reconnais votre voix.

— Qui me parle ?

— Commandant Bellebrute, de la gendarmerie de Saint Philbert de Grand-Lieu. Je suis votre compagnon de chambre, blessé moi-aussi. Que vous est-il arrivé ?

— Le monstre, le Sécateur, cette infâme bestiole a mangé mon bras gauche. Il a déjà mangé mes deux jambes et maintenant mon bras gauche. J'étais grand et fort, je suis devenu petit et handicapé. Ma vie est fichue. Je ne mérite plus de vivre, le monstre m'a vaincu !

— Vous êtes retourné le défier alors que vous êtes cul-de-jatte ? Vous êtes complètement fou !

— La folie de la chasse. J'aime tuer, j'aime les défis, j'aime vaincre, je suis un vainqueur, j'ai toujours été le plus fort et je suis devenu le plus faible. J'ai honte de moi. Je suis devenu une petite merde.

— Vu votre corpulence, sauf votre respect, vous êtes plutôt une grosse merde, si je peux m'exprimer ainsi.

— Vous pouvez dire ce que vous voulez, plus rien ne m'atteint.

— Racontez-moi ce qu'il s'est passé.

— C'est simple. Alors que j'étais en convalescence, j'ai demandé à mon fidèle Alfred de préparer une nouvelle embarcation pour traquer le Sécateur. Vous comprendrez que je ne pouvais pas rester sur un échec ! Ce n'est pas digne d'un Tartetatin.

— Vous n'êtes pas normal. Après la perte de vos jambes, personne n'aurait critiqué votre renoncement.

— Peut-être, mais moi, dans le miroir, je ne pouvais plus me regarder. Alfred, mon fidèle compagnon m'a préparé une embarcation qu'il a installé discrètement à Saint Lumine de Coutais. Il m'a posé dessus, et je suis parti dans la nuit. Vous ne m'avez pas autorisé à tuer ce monstre alors je dois le faire la nuit. Mais j'ai le droit de chasser ce Sécateur car c'est un tueur et je suis un tueur, je suis un Tartetatin.

— Personne n'est au-dessus de la loi, cher Monsieur.

— Seul Dieu est au-dessus de moi !

— Vous êtes croyant ?

— Non, mais s'il y a un Dieu, il m'a abandonné.

— Vous êtes donc parti sur le lac avec armes et bagages.

— C'est cela, oui.

— Et alors ?

— J'ai navigué dans le froid, le vent et la nuit, avec mon GPS, sillonnant le lac du nord au sud, de l'est à l'ouest, lançant des morceaux de viande pour l'attirer. Une heure passe, puis deux heures. Les oiseaux se sont tus depuis longtemps, le silence est presque total. Je me dis au bout de trois heures que ce ne sera pas pour cette nuit. Le monstre m'avait trouvé aux deux premières tentatives. Vous-même, avec tous vos moyens, vous ne l'avez même pas aperçu. Ce serait une chance extraordinaire de le rencontrer une troisième fois. Pourtant, cette chance, je l'ai eu !

— Vous auriez vos deux bras si vous n'aviez pas eu cette chance…

— C'est mon destin, je dois l'assumer.

— Donc il est arrivé sans se presser, le gros vilain monstre.

— Il avait tout son temps, il a surveillé sa proie. Il m'a reniflé. Sont-ce les morceaux de viande qui l'ont attiré ou voulait-il encore un bout de Tartetatin ? Je ne le saurai jamais.

— Donc vous l'avez vu se rapprocher ?

— Mon instinct de chasseur m'a signalé sa présence. Ecoutez cette histoire. Il y a 10 ans, dans la jungle, en Inde, je guettais un redoutable tigre mangeur d'homme. Il avait déjà fait quinze victimes. Je devais le tuer, les villageois m'ont supplié de les sauver et j'ai accepté le défi. Je ne pouvais pas reculer, c'était lui ou moi. Fermez les yeux et imaginez. Silencieux, immobile, j'attends, caché dans les hautes herbes. Soudain, mon instinct me dit qu'il fixe mon dos. Mon fusil est posé sur mon épaule. Je sais que le tigre va me sauter dessus le temps de me retourner. La sueur coule sur mes tempes, les mouches bourdonnent autour de mes oreilles, le temps s'arrête. Brusquement, je me couche en arrière, j'appuie sur la gâchette et je tire. PAN ! Un coup entre les deux yeux. Mort, foudroyé à 50 cm de ma tête. Je suis vainqueur. Je porte encore ses griffes en pendentif autour de mon cou.

— Donc votre instinct vous le signale. Et alors ?

— La sueur coule sur mes tempes, pas une mouche ne bourdonne autour de mes oreilles. Je coupe le moteur, à l'affût du moindre bruit. Je déplace un interrupteur et la lumière éclaire les alentours. Je le vois, en face de moi avec sa vilaine gueule pleine de dents aiguisées et ses yeux rouges me regardant fixement. Il a faim, je le sens. Il bouge sa tête de droite à gauche, lentement, son cou ondule. Il réfléchit, il se demande quel morceau de Tartetatin manger. Je dégoupille une grenade et la lance derrière moi car il est vicieux et je pense que l'attaque va venir par sa queue. La grenade explose dans un bruit infernal, un geyser d'eau m'éclabousse. Il me regarde en riant, il ne rit pas vraiment mais c'est l'impression qu'il donne. Il a tout son temps, il sait qu'il a l'avantage, il est sur son terrain.

— Et alors ?

— Je prends mon fusil, le fusil pour les rhinocéros dont la balle explosive est capable de percer une peau de 5 cm d'épaisseur. Il approche sa tête de la mienne, proche, très proche, trop proche, il me touche, c'est le baiser de la mort. Jamais je n'ai ressenti une telle frayeur devant un adversaire.

— Et alors ?

— J'ai honte, dans ma panique, j'ai actionné la poignée de sauvetage.

— Vous aviez un plan B ?

— Bien sûr, il faut toujours anticiper les problèmes. Dans mon sac à dos, j'ai un ballon miniature, une mini-montgolfière si vous voulez. La bouteille d'hélium gonfle instantanément le ballon et je m'envole, je m'éclipse. J'ai toujours le fusil dans la main gauche. D'en haut, je vois le Sécateur qui regarde sa proie s'échapper. J'essaye de viser, mais je suis droitier et je bouge trop. C'est alors que le monstre prend son élan et attrape mon bras au moment où je tire.

— Et alors ?

— Pas de coup de fusil, pas de bruit, seulement mon bras sectionné au-dessous du coude. Mon index gauche n'a pas eu le temps d'actionner la détente, il est dans la gueule du monstre. Je fabrique un garrot avec ma ceinture et je m'envole au bon gré du vent.

— Donc, vous vous échappez dans les airs.

— Une chance dans mon malheur, le GPS est accroché à mon poignet droit avec une balise pour me repérer. Le vent m'a emporté doucement hors du lac. J'ai atterri, Alfred m'a retrouvé et a appelé les pompiers. Honte à eux, ils ont ri quand ils m'ont vu dans cet état. Il y a même un pompier qui a eu une réflexion minable.

— Minable ? Dites-moi, cela ne sortira pas d'ici.

— Il a dit : « Quand il n'aura plus que sa bite à se faire bouffer, il arrêtera peut-être de faire le con ».

— Il a dit ça ?

— Oui. Il a dit ça. C'est déprimant.

— Je pense que vous devriez dormir maintenant.

— Je vous laisse le Sécateur, il est à vous, je ne peux pas le tuer. Je peux encore pisser tout seul avec ma main droite mais si je n'ai plus de bras, je ne pourrai plus rien faire, plus rien du tout. Alors, moi, Louis-Charles-Marie de la Tartetatin, je déclare forfait, pour la première fois de ma vie.

— Merci du cadeau. Pour votre gouverne, on fabrique de belles prothèses et avec
votre fortune, vous pourrez vous offrir un magnifique bras artificiel.

— Si vous le dites. Bonne nuit. A propos, qu'est-ce qui vous est arrivé pour vous
retrouver ici ?

Bernard lui raconte son accident.

— Un accident à la con, conclue LCM.
Bonne fin de nuit.

Chapitre 45

Dans son bureau du journal Ouest-France, Clémentine demande :

— Philomène, montre-moi ce que tu as écrit sur l'opéra d'hier-soir.

— J'ai fait un papier mortel, vachement bien. Je suis trop contente. Sans me vanter, je pense que je peux devenir une super critique artistique.

Elle tend un document à Clémentine qui le lit avec désarroi :

"Eugène Onéguine au théâtre Graslin.

Hier soir, la célèbre pièce d'opéra Eugène Onéguine de Tchaïkovski a été donnée au théâtre Graslin. Le théâtre est petit, vieux, il sent le renfermé mais tous les sièges étaient pleins quand même. C'est un opéra tout en russe et ils ont oublié de faire la traduction des chansons en français. Du coup, c'était incompréhensible. C'était long, très long et l'histoire est très compliquée. Il a copié un livre de Pousskine pour le mettre en chanson. En résumé, Eugène est amoureux d'une fille et il tue son meilleur copain. Ça dure trois heures, heureusement avec des entr'actes. Il y a des femmes qui chantent très fort. Les hommes sont trop beaux et ils chantent très fort aussi. Certains airs sont jolis mais y'en a pas beaucoup. Pour moi, on diminue le temps par deux, on met tout en français et on pourra peut-être avoir un beau spectacle. Je conseille d'y aller voir pour voir exactement ce qu'il ne faut pas faire."

— Philomène, tu as aimé cet opéra ?

— En fait, c'est la première fois que je vais à un opéra. C'est franchement long, très long. Je me suis endormie plusieurs fois et j'ai été réveillée quand la musique était trop forte. Je n'ai pas passé une très bonne soirée.

— Tu n'as rien compris, tu t'es même endormie mais tu fais quand même une critique. Tu sais ce que c'est une critique ? Tu ne juges pas la salle, le lieu, mais les décors, la mise en scène, la musicalité, le comportement des acteurs. Bref, t'es complètement à côté de la plaque. J'irai voir cet opéra ce soir et je te ferai voir la différence.

— Ok, si tu le dis. J'attends de voir si tu fais mieux que moi… mais j'en doute…

Chapitre 46

Le mois de novembre passe doucement, il pleut beaucoup, les jours raccourcissent. Bernard Bellebrute et Louis-Charles-Marie de la Tartetatin sont en convalescence, dans la même chambre, à leur demande. LCM apprécie la rigueur et la gentillesse de Bernard qui aime écouter les histoires abracadabrantesques de ce géant, surtout celle de l'alligator albinos schizophrène, à hurler de rire.

Bernard regarde régulièrement sur son portable le piège du grand canal. La chèvre est là, tranquille, pas l'ombre du Sécateur. Gédéon Bourru lui téléphone régulièrement. Pas de trace du monstre, à croire qu'il a disparu. Les cloches d'Herbauges sonnent toujours à minuit. Le lac est monté, il prend ses aises et a presque doublé de taille.

Décembre arrive, les cicatrices de LCM sont propres. Il part à Saint-Jean-de-Monts en rééducation, réapprendre à marcher avec des prothèses.

— Adieu Bernard, nous nous reverrons bientôt. Je ne sais pas à quoi je vais consacrer ma vie mais je vais trouver. Tu m'as redonné le moral quand j'étais au plus bas. Je sais que je vais remarcher et que je vais vivre, grâce à toi. Merci mon ami, je reviendrai te voir au plus vite sur mes deux prothèses.

— A bientôt LCM, mon petit grand ami. Tu verras, tu seras encore plus beau et plus fort qu'avant. Je te donnerai des nouvelles de ton ennemi dès qu'il sera tué.

— Ce qui me rassure et m'inquiète, c'est que vous ne faites pas mieux que moi. Malheureusement, il va encore tuer, c'est sûr. Il se cache, il attend son heure. Quels méfaits va-t-il encore commettre ?

— Nous le saurons au prochain épisode.

— Dans un mois tu seras sur pied. Un conseil, ta Clémentine, c'est une perle. Soit heureux avec elle.

— Je ferai tout pour, tu peux en être sûr. Nous attendons avec impatience mon rétablissement.

— On garde contact mon ami. Je viendrai à votre mariage.

— Attends quand même que je fasse ma demande… conclue Bernard en riant.

Chapitre 47

Ce matin, Philomène part en mission spéciale, seule pour la première fois, envoyée par Clémentine pour interviewer les madistes. Elle est contente de la confiance qu'elle lui accorde. Renseignements pris, elle se dirige vers un corps de ferme abandonnée sur la commune de La Chevrolière, squattée par les madistes. Plusieurs voitures sont garées sur le parking. Carnet et stylo à la main, bouche vide, elle s'approche, souhaitant donner le meilleur d'elle-même pour épater Clémentine.

Elle frappe à la porte. Jérôme, madiste chevronné l'accueille :

— Mademoiselle, jolie Mademoiselle, bienvenue, vous venez soutenir notre mouvement ?

— Bonjour Monsieur, je m'appelle Philomène Champion, je suis journaliste à Ouest-France et je souhaite recueillir le témoignage des madistes.

— Enfin une journaliste. Il était temps. Entrez, entrez, approchez-vous de la cheminée, il fait froid aujourd'hui. Vous êtes vraiment charmante. Toutes les journalistes sont aussi mignonnes dans votre journal ?

— Vous êtes très beau et sympathique aussi, minaude Philomène, séduite par ce beau jeune homme très accueillant.

— Vous me flattez. Venez prendre un petit café et nous allons discuter.

— Oh oui, pas d'alcool s'il vous plaît, juste du café, et rien à manger aussi.

La cheminée diffuse une douce chaleur. Une dizaine de madistes s'écartent pour laisser une place à Philomène. Elle se sent tout de suite à l'aise dans cette ambiance fraternelle. Jérôme prend la parole et lui explique :

— Nous sommes les madistes, réunis en ce lieu pour défendre la biodiversité du lac de Grand-Lieu. Le Sécateur, triste nom pour un animal, va devenir la figure emblématique de ce lac car c'est un animal unique. Notre but est de le défendre par tous les moyens possibles.

— Même des moyens illégaux ? Demande Philomène.

— Tous nos moyens sont légaux bien sûr, mais nous ne pouvons empêcher un sous-groupe de madistes extrémistes d'agir dans l'ombre avec des moyens illégaux. Il n'y a rien d'illégal ici, n'est-ce-pas mes amis ?

— Oh non ! Aucun moyen illégal, clament les autres madistes d'une seule voix, en souriant.

— Vous voyez, reprend Jérôme, nous sommes tous d'accord.

— Et vous connaissez des madistes extrémistes ?

— J'en ai croisé un ou deux, mais je ne leur parle pas, je ne partage pas leur façon de faire.

— Donc, vous êtes là pour préserver la grosse bête. Quelles actions faites-vous pour cela ?

— Nous faisons des manifestations, après avoir bien sûr émis une demande et une déclaration à la préfecture, en toute légalité, nous distribuons des tracts et nous organisons des réunions pour sensibiliser la population à notre cause.

— Cela me parait très bien comme actions, mais que font de mal les madistes extrémistes ? Demande Philomène.

— Je ne sais pas tout mais j'ai entendu des choses.

Jérôme regarde ses amis avec un grand sourire, comme s'il s'apprêtait à dévoiler des mystères. Il baisse la voix et explique :

— Il y a des extrémistes qui crèvent les pneus des voitures des forces de l'ordre, qui mettent du sucre dans les réservoirs des aéroglisseurs, d'autres qui brouillent les drones avec des émetteurs pirates illégaux…

— Qui taguent des insanités sur les murs des mairies, sur les voitures de gendarmerie, qui mettent des clous sur la chaussée, continue un autre madiste.

— Qui piratent des sites internet pour bloquer des entreprises, des mairies…

— Mais vous n'êtes pas d'accord avec ces actions n'est-ce pas ? Demande Philomène.

— Non non, pas du tout, rétorquent les madistes dans un ensemble parfait.

Et ils rient de bon cœur.

— Au moins, cela vous met de bonne humeur, dit Philomène. Et comment subvenez-vous à vos besoins ?

— Nous avons un fond commun avec des sympathisants qui nous permet de vivre et nous avons encore une bonne grosse cagnotte des zadistes de Notre-Dame des Landes d'où nous venons. Nous pouvons tenir plusieurs années sans souci. Un autre café ?

— Merci, il est très bon. Vous êtes vraiment tous très gentils.

— Heureusement, nous, les madistes modérés, nous sommes tous gentils, contrairement aux extrémistes méchants, dit Jérôme en clignant de l'œil envers ses amis. Vous direz bien tout ça dans votre article.

— Ça, vous pouvez en être sûr, mot pour mot. Il est bon votre café, je peux en avoir un dernier s'il vous plaît ? Vous pourriez me dire où se logent les extrémistes ? Je souhaiterais les rencontrer.

Jérôme réfléchit un peu et dit :

— La dernière fois que j'en ai vu un, il est parti en courant lorsqu'il m'a aperçu. Je ne sais pas où ils vivent, c'est un mystère pour moi. Mais vous êtes journaliste, vous allez vous débrouiller, je vous fais confiance. Peut-être pourriez-vous aller voir le maire de La Chevrolière ? Il est très sympathique et doit savoir plein de choses.

— C'est une très bonne idée, répond Philomène. Je vais même y aller tout de suite. Mais, dites-moi, cela ne vous gêne pas que le Sécateur mange des personnes ?

— Très bonne question. Nous pensons que ces personnes étaient sur son territoire. Elles n'ont pas eu de chance car elles ne savaient pas que le Sécateur pouvait les manger. Maintenant, les gens savent qu'il est là et qu'il ne faut pas aller sur le lac ni sur les rivières. Nous allons faire des études pour savoir de quoi se nourrit le Sécateur. Une fois que nous saurons, nous le nourrirons, l'apprivoiserons et il n'y aura plus de danger pour les hommes. Nous espérons le dresser pour qu'il devienne l'emblème de la région.

— J'aime bien votre façon d'appréhender le problème. J'espère que vous y arriverez. Désolée de vous quitter mais je dois aller voir le maire pour essayer de trouver les méchants madistes.

— Allez-y et revenez nous voir quand vous voulez, vous êtes la bienvenue.

Jérôme la raccompagne jusqu'à sa voiture. Doucement, il lui prend la main et la colle contre son cœur.

— Philomène quoi qu'il se passe, revenez me voir, j'apprécie beaucoup votre charmante présence.

Philomène Champion ne sait que répondre. Elle rougit et s'engouffre dans sa voiture, décontenancée. Elle file vers la mairie de La Chevrolière.

Chapitre 48

Philomène se présente à l'accueil de la mairie :

— Bonjour, je m'appelle Philomène Champion, journaliste à Ouest-France. Je souhaiterais rencontrer le maire de La Chevrolière.

— Vous tombez bien, soupire l'hôtesse d'accueil d'un air exténué, vous êtes à la mairie de La Chevrolière. Vous auriez été à la mairie de Saint Philbert, vous n'auriez pas pu voir le maire de La Chevrolière.

— Ah bon ?

— Eh oui. A chaque village son maire et à chaque maire, son village.

— Et je peux le voir ?

— Je suis désolé pour vous, c'est un jour sans pour Monsieur Rodolphe Rougeaud.

— Sans quoi ?

— Sans eau. Vous verrez bien, je vais le prévenir de votre venue. Il va être ravi d'avoir un peu de compagnie.

Elle prend son téléphone, appuie sur une touche et dit :

— Monsieur le Maire, une petite visite pour vous…oui… jeune…oui...elle est jolie…très…d'accord, laquelle ? … Du champagne ? … Vous êtes sûr ?… D'accord, je vous l'apporte tout de suite.

Elle raccroche et explique à Philomène :

— Je suis vraiment désolée mais il va vous recevoir. Vous serez obligée de boire du champagne avec lui. Désolée, vraiment désolée.

— Mais pourquoi ? Demande Philomène.

— Son bureau est au fond de ce couloir, vous ne pouvez pas vous tromper, c'est marqué "Maire" sur la porte. J'apporte le champagne de suite.

Philomène est très étonnée par cet accueil. Elle se dirige vers le bureau du maire et frappe à sa porte.

— Qui que vous soyez, entrez et soyez bienvenue ! Hurle le maire à travers la porte.

Elle ouvre la porte et découvre le maire, rouge comme une écrevisse, enfoncé dans son fauteuil. Il explique :

— Si je me lève, je risque de me casser la gueule, nom de Dieu. Mademoiselle, asseyez-vous en face de moi que je vous vois bien, prenez place. Vous êtes ma lumière du matin, nous allons trinquer à votre venue. Je suis le maire de cette commune, plus pour longtemps. Qui êtes-vous ?

— Philomène Champion, journaliste à Ouest-France. Je voudrais vous parler des madistes extrémistes.

— Bande de petits cons merdeux. Ah !
Le champagne, merci Josette, tu poses tout
sur mon bureau. Je ne t'en propose pas
puisque tu ne bois que de l'eau, pas de chance
pour toi. Vous par-contre, Mademoiselle Phi-
lotruc, tu vas trinquer avec moi.

Il ouvre la bouteille avec une dextérité
surprenante dans son état et sert les coupes,
sans en mettre trop à côté.

— Alors, les madistes, ces chieurs,
qu'est-ce que vous voulez savoir. Tchin-tchin.

— Normalement je ne bois pas.

— Alors je ne parle pas.

— Bon d'accord, mais un tout petit peu,
pas beaucoup s'il vous plaît. Voilà Monsieur
le Maire, j'ai rencontré dans une vieille ferme
les madistes modérés qui m'ont expliqué ce
qu'ils faisaient et ce qu'ils voulaient. Ils
m'ont dit que vous avez dans la commune des
madistes extrémistes. Savez-vous où je peux
les rencontrer ?

— Des extrémistes ? Intéressant. Buvez et on retrinque.

Il remplit les coupes et lui explique :

— Mademoiselle, il n'y a pas de madistes extrémistes car les madistes sont tous
des extrémistes. Ils se sont foutus de votre
gueule.

Et il rit en se versant une nouvelle
coupe après un rot tonitruant.

218

— Ils mettent le foutoir dans ma jolie commune, déjà endeuillée par plusieurs morts, mes concitoyens, mes copains, des gens bien, coupés et bouffés par le Sécateur.

Et il renifle un peu, la larme à l'œil.

— Allez, on trinque à leur mémoire ?

— Vous êtes sûr ?

— Sûr !

La bouteille est vidée rapidement, Philomène est un peu pompette. Elle commence enfin à se rendre compte qu'elle a été manipulée.

— Donc, si je comprends bien, les madistes modérés sont des extrémistes. Il n'y a que des madistes extrémistes et il n'y a pas de madistes modérés. Donc les madistes que j'ai vu sont tous des extrémistes et pas des modérés.

— Ouais, je vois que tu commences à comprendre ma cocotte.

— Ben non ! J'suis pas une cocotte ! Je suis Philomène Champion, journaliste à Ouest-France. Ouais Monsieur le maire, c'est comme ça et je vais devenir une grande journaliste.

— Critique, travaille ton sens critique ma poulette ou tu te feras rouler dans la farine comme ce matin. Va voir Josette à l'accueil pour qu'elle te donne une autre bouteille, j'ai soif.

— Vous êtes sûr ? Bien Monsieur le maire, répond Philomène, impressionnée par le personnage.

Philomène se lève et retourne à l'accueil. L'hôtesse lui explique :

— Il ne faut pas y retourner mademoiselle. Vous allez être complètement saoule si vous restez avec lui.

— Oh non, pas encore ! Mais que dois-je faire ?

— Partez, je m'occupe de lui. Je lui expliquerai que vous avez eu des vertiges et que vous avez dû rentrer chez vous, j'inventerai et demain il aura tout oublié. Comme d'habitude.

— Merci, merci beaucoup. Je crois que je vais retourner voir les madistes.

— Si vous voulez.

Il est midi, Philomène retourne à la ferme des madistes. Elle frappe à la porte, Jérôme lui ouvre. Un peu ivre, elle lui assène d'une seule traite :

— Je suis allée voir le maire et il m'a tout expliqué. Je suis chez les madistes extrémistes, vous êtes tous des madistes extrémistes, vous êtes tous des méchants, méchants, méchants. Vous vous êtes moqués de moi, c'est pas du tout gentil. Pas du tout du tout du tout.

Et elle se met à pleurer en regardant Jérôme droit dans les yeux. Ce dernier est peu interloqué devant la détresse de cette demoiselle.

— Pauvre petit oiseau tombé du nid. Quelle tristesse de découvrir la vérité n'est-ce pas ? Entrez Mademoiselle, je vais vous expliquer notre point de vue. Le monde n'est pas tel que vous le croyez, il n'est pas tout noir ou tout blanc, il est gris avec des nuances. Entrez, venez déjeuner avec nous, j'ai préparé votre article. Je savais que vous reviendriez.

— Ah bon ? Vous avez fait mon article ?

— Oui, et promis, nous vous dirons toute la vérité.

— La vraie vérité ?

— Sans fioriture.

— Alors j'accepte de déjeuner avec vous, dit Philomène en reniflant.

Jérôme lui prend la main et l'emmène dans la ferme.

Chapitre 49

Dans l'Airbus A320, le pilote et le copilote discutent :

— Qu'est-ce que tu vas faire de ta journée de repos à Nantes, Virgile ? Demande
Jean-Edouard de la Serpette, pilote de ligne.

— Tu sais, à mon âge, réplique Virgile
Dupont, son copilote, une femme dans
chaque aéroport et la vie est belle. A Nantes,
c'est Louisette. J'ai Georgette à Paris, Catherine à Nice, Aurore à Toulouse, Julie à Lille
et je cherche une copine pour Strasbourg. A
Lyon, je n'ai personne car j'y habite. Tu comprends, j'aime trop ma liberté et ce serait compliqué d'avoir une copine à domicile.

— C'est toi qui es compliqué mon cher
Virgile. Il va falloir que tu penses à fonder
une famille.

— Une famille, quelle horreur ! Autant
me jeter au fond de la mer avec un boulet aux
pieds. Je ne suis pas contre un enfant à droite
et à gauche, à la rigueur, mais toute ma vie
avec la même tête en face de moi, quelle galère. Non, j'aime mieux avoir une fille par-ci
par-là, belle, gentille, attentionnée et qui me
fait des gâteries.

— Des gâteries ?

— Louisette est parfaite pour cuisiner
les viandes en sauce, Georgette pour la cuisine japonaise, Catherine les grillades, Julie

fait des frites excellentes, Aurore est la reine du cassoulet. Il ne me manque qu'une strasbourgeoise pour la choucroute.

— Ah bon, c'est ça tes gâteries ! Je pensais à autre chose…

— Homme de mauvaises pensées, ma vie intime ne te regarde pas, dit Virgile en riant.

— On arrive près de Nantes, démarre la procédure d'approche.

— OK, ça marche.

Virgile commence la procédure. Il débranche le pilotage automatique, appelle la tour de contrôle, tout est nickel, pas de problème, temps clair, petit vent d'ouest de deux nœuds, l'arrivée s'annonce tranquille. L'avion passe au-dessus du lac de Grand-Lieu. Rapidement, la piste est en vue, les trains d'atterrissage sont sortis, vitesse correcte, on réduit tranquillement.

— C'est quoi ce truc noir sur la piste ? demande Jean-Edouard.

— Je ne sais pas, réplique Virgile. C'est pas normal ce truc, on remet les gaz ?

— Tour de contrôle, tour de contrôle, c'est quoi ce truc sur la piste ?

— Ici tour de contrôle, aucune idée, remontez de suite et mettez-vous en cercle d'attente.

— Compris. Je pousse les gaz.

— On va toucher le sol, s'exclame Virgile, on va toucher la chose.

— On va raser, pas toucher, explique Jean-Edouard. Ce truc bouge sur la piste, pas normal du tout, c'est énorme. Pleins gaz on repart.

L'avion s'approche du "truc". Il a la forme d'un énorme serpent qui soudain lève la tête et donne un grand coup de queue à l'arrière de l'avion juste au moment où il passe au-dessus de lui.

Dans l'avion, le choc est très nettement ressenti, les passagers crient dans la cabine, surpris par la remise en route des moteurs et le choc.

— Les moteurs sont à fond, signale Virgile, j'ai l'impression que l'avion ne remonte pas.

— On a un souci, la manette ne réagit plus, réplique Jean-Edouard. Il doit y avoir quelque chose de déconnecté.

— Tu crois que c'est dû à la chose sur la piste qui nous a cognés ?

— Peut-être, le problème c'est qu'on va vite, très vite et qu'on ne remonte pas. Les gaz sont à fond et on stagne. On file vers Nantes. On est dans la merde.

— Tout de contrôle, appelle Virgile, on ne maîtrise pas l'avion. Il file tout droit, on ne peut pas monter ni virer. On va droit sur Nantes.

— Virgile, on fonce droit sur cet immeuble, on va cogner dedans.

— C'est la merde, c'est la merde, c'est la merde, crie Virgile.

Ce seront ses derniers mots. Dans un bruit infernal, l'avion s'encastre dans l'immeuble. En une fraction de seconde, l'avion et ses passagers se désagrègent.

Les nantais, habitués à entendre des avions voler régulièrement au-dessus de leur tête, n'ont normalement aucune raison de s'inquiéter quand l'avion s'annonce par le bruit de ses réacteurs. Mais rapidement, le bruit devient assourdissant, créant un stress parmi les piétons, surtout quand ils voient l'Airbus passer juste au-dessus de leur tête, rasant les toits pour s'encastrer bruyamment dans la tour de Bretagne.

Il n'aurait pas pu choisir un meilleur endroit pour se planter. Il s'agit de la plus haute tour de Nantes, située en plein centre, remplie de gens, de bureaux avec un bar branché au dernier étage, appelé "le Nid". Elle fait 144 mètres de haut et se voit de très loin. C'est donc de très loin que l'on peut suivre cet accident majeur avec cette tour en flamme qui n'est pas sans rappeler, en miniature, l'attentat des twin-towers à New-York. Le feu est accompagné d'explosions et de chutes de verre. Des dizaines de pompiers arrivent rapidement sur les lieux et essayent de faire face à

la catastrophe. Les caméras de la France en-
tière sont rapidement braquées sur cet évènement dramatique. En comptabilisant approxi-
mativement les morts de l'avion, car il n'y a
malheureusement aucune chance de retrouver
un survivant, les morts dans l'immeuble et
ceux de la rue, sans compter plusieurs immeubles en feu aux alentours et quelques
pompiers trop téméraires, on dépasse le
chiffre faramineux d'au moins 500 victimes.

Chapitre 50

Aux informations télévisées du soir, le présentateur Alphonse Mornemine prend sa tête des mauvais jours, renfrogné, costume sombre et cravate noire de circonstance :

— Chers téléspectatrices, chers téléspectateurs, bonsoir. Voici les images de l'évènement dramatique du jour. Un avion de ligne Airbus A 320 en provenance de Marseille s'est écrasé cet après-midi à 15 heures dans la tour de Bretagne. Nous vous montrons les images d'une vidéo prise sur le vif par un internaute filmant le passage de l'avion au-dessus de Nantes et le choc dans l'immense immeuble.

Une fois les images passées, il reprend :

— Tout a été mis en œuvre pour retrouver des survivants mais malheureusement, tous les passagers sont morts. Un drame s'ajoute au drame, l'équipe de football de Nantes était dans l'avion ainsi que les remplaçants et l'entraineur. Les Canaris sont en deuils. Nantes n'a plus d'équipe de de foot. Il est probable d'après les premiers éléments, que plusieurs centaines de personnes soient victimes de cet effroyable accident. Pourquoi en est-on arrivé là ? Je vous laisse regarder ces images exceptionnelles prise par un amateur filmant l'avion alors qu'il devait se poser sur la piste de l'aéroport Nantes-Atlantique. Nous les commenterons ensuite.

Une vidéo de mauvaise qualité, manifestement tournée avec un téléphone portable, montre l'arrivée de l'avion vers l'aéroport. Puis, on remarque sur la piste d'atterrissage une forme noire et allongée, comme un serpent géant, qui bouge et donne un coup à la queue de l'avion avant de glisser en direction du bout de la piste, vers Saint Aignan de Grand-Lieu. L'image revient sur le présentateur essayant de prendre une mine encore plus sombre.

— Ces images extraordinaires sont fournies par Monsieur Doncu, un vaillant supporter venu accueillir les joueurs de foot nantais à leur arrivée. On remarque nettement une forme vivante sur la piste qui pourrait être à l'origine du problème de l'avion. Les premières informations des autorités signalent que la tour de contrôle a demandé au pilote devant le danger de ne pas se poser. Les personnes présentes ont vu ce "serpent" s'éloigner vers le lac de Grand-Lieu. Ce pourrait être le célèbre Sécateur, recherché pour meurtres à répétition.

Clémentine débarque dans la chambre de Bernard. Ce dernier coupe la télévision et regarde avec amour sa dulcinée s'asseoir sur le bord de son lit. Il lui prend la main :

— Clémentine, quel plaisir de te voir, tu as pu te libérer malgré ton travail au journal ?

— J'ai très peu de temps Bernard. Vivement que tu te rétablisses, quelle plaie ta blessure.

— Sans jeu de mot ?

— Excuse-moi, je suis un peu fatiguée en ce moment. Je ne vais pas pouvoir rester longtemps. Et Philomène qui m'a abandonnée. Figure-toi qu'elle s'est fait embobiner par les madistes et elle est restée avec eux. Il faut en plus que je gère ce problème avec son père.

— Raconte-moi plutôt ce qui se passe à Nantes, je me sens bien loin de tout ça. Les informations sont dramatiques !

— C'est effroyable. Je n'ai jamais vu ça. Je vais me charger avec toute une équipe de couvrir cette affaire car il semble bien que ce soit le Sécateur à l'origine de l'accident. Il a bousillé l'avion qui n'a pas pu reprendre de l'altitude. Comme il n'y a que sept kilomètres entre l'aéroport et Nantes, avec sa vitesse, l'avion a mis moins de 90 secondes pour arriver dans son centre. C'est un fait et il n'y a pas d'alternative. L'église Saint Nicolas et l'église Saint Similien ont été réquisitionnées pour mettre les cadavres ou ce qu'il reste des victimes avant de les transporter à la morgue. Toutes les morgues des environs vont être utilisées. Ce sera un énorme travail de fourmi pour restituer les corps à leur famille. Quand je pense que Philomène parlait de puzzle avec le Sécateur, elle avait raison, ce sera un vrai puzzle géant. Maintenant que tous les feux sont éteints, les équipes essayent de consolider la tour Bretagne. Et l'équipe de foot, totalement décimée. Entre-nous, vu leurs récentes performances, on ne se rendra pas trop compte de leur absence dans les championnats.

— C'est terrible. Des centaines de familles endeuillées à quelques jours de Noël. Je me sens un peu coupable. Si nous avions tué le Sécateur, nous n'en serions pas là !

— Bernard, tu n'as rien à te reprocher, tu as fait tout ton possible. Ce monstre est le plus fort pour le moment. Il va bien finir par se faire avoir.

— Il est redoutable. Quels méfaits va-t-il encore commettre ?

— Oui, et quels méfaits ne vais-je pas commettre si tu ne te rétablis pas vite !

— Clémentine, il faut que tu attendes encore un peu, je vais bientôt guérir. Nous fêterons mon rétablissement chez ton frère Bibi. On fera un méga-festin. Tu pourras même inviter tes grand-mères, elles seront ravies. Je les adore, même si elles sont parfois un peu envahissantes. Elles ont trouvé le moyen de me rendre visite, tu te rends compte ? Elles m'ont même parlé de nous marier en argumentant qu'elles sont vieilles et qu'elles voudraient voir un beau mariage avant leur mort très proche. Mariette a même essayé de verser une larme mais elle n'était absolument pas crédible. Je pense qu'elles sont en pleine forme et très malignes.

— J'ai déjà préparé un modèle de faire-part.

— Déjà ? Mais je n'ai pas fait de demande en mariage ?

— Je blague. On aime beaucoup la plaisanterie dans la famille.

— Oh Clémentine, je sens que la vie ne va pas être ennuyeuse avec toi.

— J'espère bien mon doux Bernard, j'espère bien.

Il lisse sa moustache de ravissement.

Chapitre 51

Le Préfet Chassdo est assis dans son bureau au cœur de la préfecture située à 5 minutes de la tour de Bretagne. Il n'a jamais eu à gérer un incident aussi important au cours de sa carrière au service de l'Etat. Hormis le fait qu'il y a beaucoup de morts et de nombreux blessés, ce qui le chagrine un tout petit peu, il est aux anges. A part quelques fenêtres explosées, la préfecture n'a pas souffert. Il téléphone à droite et à gauche, organise, engueule, cajole, prend des accents dramatiques, il adore. "J'aurais dû faire du théâtre", pense-t-il. Le téléphone sonne, il décroche, sa secrétaire lui parle :

— Monsieur le Préfet, le Ministre de l'Intérieur souhaite s'entretenir avec vous.

— Monsieur le Préfet Chassdo, commence le ministre, heureux de vous avoir au téléphone. Donnez-moi des informations, acte terroriste, accident ? Les rumeurs parlent d'un accident en rapport avec votre monstre du lac de Grand-Lieu. Expliquez-moi.

— Mes respects Monsieur le Ministre. D'après mes informations, il est exact que cet accident ait été probablement occasionné par le monstre du lac de Grand-Lieu surnommé le Sécateur. Il a été aperçu et filmé sur la piste de l'aéroport au moment de son atterrissage. Il a cogné l'avion et semble à l'origine de l'accident. Les boites noires ont été récupérées. Nous en aurons le cœur net dans les prochains jours.

— Mais l'aéroport est bien entouré d'une clôture pour empêcher toute intrusion ?

— Il est vieux et n'a pas été bien entretenu, Monsieur le Ministre. Cet aéroport nécessite une énorme rénovation. Il y a de multiples trous dans la clôture, tout est à refaire.

— Merci de ces précisions. Je suis avec le Président de la République qui écoute vos propos. Je vous le passe.

Changement d'interlocuteur.

— Bonjour Monsieur le Préfet.

— Bonjour Monsieur le Président. C'est un honneur de vous entendre au téléphone.

— J'aurais bien aimé m'en passer mais les circonstances vont m'obliger à me déplacer à Nantes pour rendre hommage aux victimes. Vous allez organiser cela. J'arrive demain, déplacement sur les lieux de l'accident, pas le choix, moment de recueil devant les corps pour verser une larme, discours devant les journalistes, bref, la routine. Vous ferez pour le mieux. Nous aurons ensuite une conversation en privé pour régler définitivement ce problème de Sécateur. Vu les circonstances, j'ai de bonnes idées pour votre région. Je vous laisse régler les détails avec le Ministre de l'Intérieur. Bonne journée.

— Mes respects Monsieur le Président.

— Il est déjà parti, lui répond le ministre en soupirant, c'est un coup de vent ce Président, il arrive, il décide, il part et on exécute. C'est comme ça. Bon, on discute du programme de demain ?

— Volontiers.

La discussion est longue et laborieuse pour élaborer les détails de cette visite présidentielle dans le chaos nantais.

Chapitre 52

Dans le bureau du Préfet, le lendemain, le Président de la République tient un conciliabule avec le Ministre de l'Intérieur, le Premier Ministre et le Préfet. Le Président prend la parole :

— Monsieur le Préfet, je vous remercie pour l'organisation de cette visite impromptue dans cette belle ville défigurée par cet accident. Entrons tout de suite dans le vif du sujet. Première question : pensez-vous que ce monstre puisse revenir dans l'actuel aéroport ?

— Oui Monsieur le Président, répond avec assurance le Préfet Chassdo. Tant que des travaux sérieux ne seront pas faits, l'aéroport ne sera pas à l'abri d'autres incidents.

— Avez-vous mis tout en œuvre pour tuer ce monstre ?

— Oui Monsieur le Président.

— Pensez-vous pouvoir l'attraper ?

— Nous n'avons aucune certitude Monsieur le Président.

— Pouvez-vous arrêter de dire tout le temps Monsieur le Président ?

— Oui Monsieur le Président.

— Faut-il déménager l'aéroport ?

— Vous n'y allez pas de main morte Monsieur le P... Mais quelle idée magnifique.

— Je sais, j'ai toujours de bonnes idées. Il faut rouvrir le dossier de Notre-Dame des Landes. Nous allons mettre les moyens de l'armée pour contenir les quelques zadistes restants. Cas de force majeur. Vu le nombre de morts à Nantes, nous pouvons nous permettre de tuer quelques zadistes, par inadvertance bien sûr, pour construire cet aéroport.

— Vous êtes génial, dit le premier ministre, j'oserais dire machiavélique.

— Nous allons mobiliser l'armée, reprend le Président, entourer la zone du futur aéroport, bloquer les zadistes restants et débuter les travaux le plus vite possible. Ce sera l'un de mes grands chantiers du quinquennat. Nous allons sécuriser l'aéroport Nantes-Atlantique pour éviter un autre drame le temps du déménagement.

— Il y aura des manifestations sans fin à Nantes et de la casse, dit le Préfet.

— Nous mettrons tous les moyens militaires pour neutraliser les casseurs. Nous les enverrons à l'autre bout du monde, au soleil dans un endroit secret, aux frais de l'Etat. Ils ne manqueront à personne. Qui ira réclamer des casseurs ? Ils seront rééduqués et les irréductibles auront un traitement approprié. Je viens de revoir le film "vol au-dessus d'un nid de coucou", cela me donne de bonnes idées. On va les lobotomiser. Ils deviendront plus doux que des agneaux.

— Et vous avez une idée pour le Sécateur, Monsieur le Pré... ?

— Bien sûr ! Je suis le Président donc j'ai des idées. Sinon, je ne serais pas Président. Je vous expose mon idée, vous vous occuperez de la faisabilité.

Le Préfet Chassdo jubile à l'écoute du Président. Si ce n'était sa fonction, il aurait applaudi et embrassé le Président.

Chapitre 53

Anselme Blanchard déjeune chez sa bru. Nous sommes au début du mois de février. Cela fait déjà 5 mois que son fils a été assassiné.

— Aucune nouvelle du Sécateur depuis la catastrophe de Nantes ? Demande Juliette.

— Aucune. A croire qu'il s'est volatilisé. Au moins, ce drame aura fait fuir les Madistes. Ils ont cessé de revendiquer pour que cette bestiole soit sauvegardée. Plus personne ne s'opposera pour la tuer.

— Et les gendarmes ?

— Ils sont sur le lac toute la journée. L'escadron de Pivert est revenu sur demande du Préfet. Il sillonne les 6500 hectares sans trouver la moindre trace du monstre. Le piège ne fonctionne pas. Deux autres pièges ont été créés sans plus de résultat. La chèvre a été remplacée par un morceau de viande. Elle est morte d'anorexie après une dépression. La seule bizarrerie reste cette cloche qui sonne tous les soirs à minuit.

— Elle me donne des frissons quand je l'entends, comme si elle sonnait le glas.

— Cette cloche ne présage rien de bon.

Anselme se tourne vers Julien.

— Et toi mon Julien, qu'est-que tu racontes ?

— Je travaille bien à l'école, j'ai des bonnes notes. J'ai quand même un gros, un très gros problème. Ma copine Sophie veut tout le temps que je l'embrasse et j'aime pas trop ça.

— Attend de grandir un peu pour apprécier ses bisous. Est-ce que tu travailles tes relations avec les plantes ?

— C'est l'hiver, elles dorment presque toutes. J'ai un peu de contact avec des sapins mais ils sont lents, c'est pas drôle. J'espère que ce sera plus rigolo au printemps.

— Je suis allé à mon chêne, il se repose de l'été et ne communique plus. Je suis d'accord avec toi. Dans deux mois, ce sera mieux. Au fait, vous avez reçu le faire-part annonçant le mariage de Clémentine avec Bernard en juin ?

— Hier, répond Juliette. C'est drôle, jamais je n'aurais imaginé Clémentine avec un gendarme. Je les ai vus ensemble, ils sont très mignons. Lucette ne parle que ce cela. Elle dit à tout le monde que c'est grâce à elle qu'ils vont se marier.

— Au moins ce sera un rayon de soleil dans cette triste période. Bernard Bellebrute a repris son travail après deux mois d'arrêt. Il fait tout ce qu'il peut pour trouver le Sécateur, mais ses recherches sont vaines. Il faut attendre, attendre et j'en ai assez d'attendre.

— Ne vous minez pas le moral comme ça, Père Anselme, il finira par se faire prendre.

— Oui, mais je n'ai que ça à penser. Alors je pense.

— Allez, buvez un petit coup de gnole pour vous remonter la fibre.

— Bien volontiers.

— Je peux en avoir un peu, demande Julien ?

— Sur un sucre, juste pour le goût. Faut bien que tu t'habitues à la gnole de la famille quand même.

Chapitre 54

Les jours froids s'éloignent, les bourgeons éclosent doucement dans les arbres après la floraison des jonquilles, des mimosas et des camélias. Les oiseaux chantent bruyamment le printemps. La vie végétale redémarre, les jours s'allongent. Julien retourne dans la forêt avec son grand-père.

— Tu sais grand-père, j'ai déjà parlé avec mon chêne, par les herbes de mon jardin, mais je pense que le contact direct sera mieux. J'ai juste compris qu'il voulait me dire des choses.

— Te dire des choses ? Tu en as de la chance, lui répond Anselme. Mon chêne n'est pas très bavard, peut-être trop vieux, trop lent, comme moi.

Anselme n'a pas besoin d'expliquer à son petit-fils comment s'installer. Il se précipite sur son tabouret, se déchausse, plante ses pieds dans le sol, plaque ses mains sous l'écorce, colle son oreille droite sur l'arbre et ferme les yeux. Anselme l'observe attentivement. Rapidement, un immense sourire éclaire le visage de Julien.

— Reste-là grand-père, il a un message pour toi. Il me dit qu'il croit savoir où est le Sécateur.

Un long silence puis Julien reprend :

— Sa tanière est du côté du soleil couchant, au bord du lac, dans un coin où il y a
une très grande maison d'hommes.

— C'est vague comme indice, il ne
peut pas t'en dire plus ?

Après quelques instants de silence, Julien lui répond :

— C'est au bout d'un couloir d'eau,
probablement une douve mais il n'en sait pas
plus.

— Tu le remercies et tu continues à
parler avec lui. Je vais saluer mon vieux
chêne.

Julien garde ses yeux fermés avec son
grand sourire. Il reste immobile pendant une
heure avant de rejoindre son grand-père.

— Alors grand-père, qu'est-ce qu'il te
raconte ?

— Il est à peine réveillé. Ses vieilles
branches fonctionnent mal, comme mes
jambes. Il m'a dit de revenir dans quelques
jours quand ses feuilles seront sorties. Il est
ronchon. Faut croire qu'il n'aime pas se réveiller, comme moi le matin avec mon ar-
throse.

— Le mien est en pleine forme. Il a
déjà plusieurs nids en construction, c'est trop
mignon. J'ai vu des écureuils courir sur les
branches. C'est super chouette.

— Tu vas me raconter tout ça sur le
chemin du retour.

Effectivement, Julien est intarissable sur sa relation avec la forêt. Anselme sourit dans sa barbe, il aime beaucoup la verve de son petit-fils.

Chapitre 55

De retour chez lui, Anselme se con-
necte sur internet avec son ordinateur. Il examine attentivement la carte du lac de Grand-
Lieu. Une grande maison, au soleil couchant
donc à l'ouest, un canal devant. En regardant
attentivement, il ne voit que deux endroits,
l'ancien repos de chasse de Guerlain, là où est
posé le piège, et le manoir de la Bernardière,
plus au sud, sur la commune de Saint Mars de
Coutais.

Il connaît très bien le repos de chasse
de Guerlain. Il y est allé de nombreuses fois
dans sa jeunesse pour aider lors des chasses
somptueuses, comme celles avec l'ancien
président Giscard d'Estaing qui tirait souvent
à côté de la cible. Quand il chassait, on l'as-
sociait toujours avec un très bon tireur pour
assurer le tableau de chasse et flatter son égo.

Il a entendu parler du manoir de la Bernardière mais ne le connaît pas. La photo sur
internet montre une bâtisse imposante, style
début 19ème, en tuffeau, deux étages, grandes
fenêtres, des dépendances et plusieurs han-
gars. Le mieux, c'est d'aller voir les lieux, la
journée n'est pas trop avancée et il veut satis-
faire sa curiosité. Il prend sa voiture, à peine
une demi-heure de trajet.

Anselme passe avec sa voiture devant la grille d'entrée de la propriété de La Bernardière, fermée. Il se gare au bord de la route un peu plus loin, dans un coin discret caché sous des arbres. Le soleil est encore lumineux, le vent doux, une superbe journée de printemps.

La propriété est entourée de vieux murs et semble inaccessible. Il doit bien y avoir une brèche quelque-part pour entrer. Anselme marche le long du mur et finit par découvrir un endroit à moitié écroulé. Il passe par-dessus et descend en direction du lac. S'il y a une tanière, c'est au bord du lac, pas dans le manoir.

Caché par les arbres, il descend vers l'eau. Il ne voit pas grand-chose si ce n'est cet immense hangar avec une grande antenne sur son toit. Quelle drôle d'idée de mettre ce bâtiment si proche de l'eau ! Et cette antenne, à quoi sert-elle ? Il s'approche, le hangar est totalement fermé. Etrange. Il fait le tour du bâtiment et découvre une porte. Piqué par la curiosité, il tourne la poignée, elle s'ouvre sans difficulté. Il fait sombre, il entre et cherche un interrupteur, rapidement trouvé. Une petite pièce s'éclaire rapidement, il n'est pas seul :

— Bonjour petit Monsieur, puis-je prendre votre téléphone portable s'il vous plaît ?

Devant lui se tient un homme immense, imposant, totalement chauve avec des yeux bridés signant son origine asiatique. Il lui pose cette question de sa petite voix fluette, gentiment, simplement, comme si la visite d'Anselme est normale. Anselme est tétanisé par cet accueil. Il finit par bredouiller :

— Désolé, je n'en ai pas.

— Alors je dois vous fouiller.

— Je ne vous permets pas de me fouiller.

— Je ne vous laisse pas le choix, petit Monsieur.

S'approchant d'Anselme, il le bloque avec une clé de bras et le fouille tranquillement. Anselme, pourtant costaud, n'a pas la force requise pour s'opposer.

— Petit Monsieur est un vilain menteur, je confisque le portable.

Il prend le téléphone, l'ouvre, détache la carte Sim et l'écrase consciencieusement avec son talon. Puis il fait tomber le portable après avoir retiré la batterie et le réduit en miettes avec la même minutie.

— Vous n'en aurez plus besoin petit Monsieur, explique-t-il calmement.

— Espèce de goujat.

— Je ne vous insulte pas, petit Monsieur, soyez poli. Mon patron va vous recevoir, il est en réunion avec quelques amis. Je pense que ce qu'il vous dira vous intéressera. Désolé pour les menottes.

Joignant le geste à la parole, il lui passe des menottes dans le dos. Anselme se sent bête, impuissant. Jamais il n'aurait imaginé plonger dans un piège en faisant le tour de la propriété. Et il n'a dit à personne où il se rendait...

— Comment vous appelez-vous espèce de grosse brute ?

— Ulysse, pour ne pas vous servir Monsieur Blanchard.

— Comment connaissez-vous mon nom ?

— Notre organisation sait tout.

— J'ai hâte de rencontrer votre patron.

Poussant Anselme devant lui, ils se dirigent vers le manoir. Ulysse emmène Anselme dans un petit salon, lui intimant l'ordre de s'asseoir. Il compose un numéro sur son téléphone et dit sobrement :

— Notre invité est là.

Immobile, debout, regardant fixement Anselme, il attend. Au bout d'une demi-heure, exaspéré, Anselme demande :

— Cela va durer longtemps ?

— Le temps n'a plus d'importance pour vous, petit Monsieur.

— Pourquoi ?

— Vous le saurez plus tard.

— Trop aimable.

L'attente insupportable reprend. Une porte finit par s'ouvrir, un homme entre et demande :

— Ulysse, voulez-vous avoir l'amabilité de faire entrer notre invité surprise.

— Mais je vous connais vous ! S'exclame Anselme Blanchard en se levant, vous êtes le Préfet Chassdo !

— Félicitations, physionomiste en plus. Cher Monsieur Blanchard, entrez. Vous avez droit à la vérité.

— La vérité ? Quelle vérité ? Qu'est-ce que vous racontez ?

— Vous allez savoir, asseyez-vous à cette table. Je ne vous présente pas mes amis, je vous donne seulement leur profession, vous avez un juge, un notaire, un médecin, plusieurs promoteurs immobiliers, un géographe, un procureur, un politicien...

— Je vous reconnais, Monsieur Emile Poiraud, vous êtes le procureur qui s'occupe du meurtre de mon fils, et vous Monsieur Beaufort, qui œuvrez pour la sauvegarde du lac, qu'est-ce que vous faites-là, c'est quoi cette organisation qui se cache dans cette maison, une brochette de malfrats ?

— Tut tut tut, ne soyez pas médisant. Nous œuvrons pour l'évolution de la société dans le bon sens.

— Dans votre bon sens à priori.

— Nous sommes le bon sens.

— Mais, quel rapport avec le monstre ?

— Mais nous sommes le Sécateur, cher Monsieur, nous l'avons créé, lui avons donné la vie et il sévit, hi hi hi ! Sans jeux de mots.

— Mais c'est un animal ? Comment avez-vous créé cet animal ?

— Je vais vous révéler notre petit secret. Il s'agit d'un robot.

— Un robot ?

— Oui, une marionnette si vous voulez, très sophistiquée, manipulée à distance. Nous avons embauché un génie dans ce domaine. Il a fabriqué cet engin absolument magnifique, extraordinaire, meurtrier et redoutablement efficace.

— Je tombe des nues. Si je comprends bien, il est normal que l'on ne puisse pas l'attraper car vous êtes au courant de toutes les recherches pour le retrouver.

— Effectivement, ma fonction me permet de coordonner les recherches, malheureusement infructueuses jusqu'à aujourd'hui et j'en suis fier. Le Commandant Bernard Bellebrute peut toujours chercher, il ne le trouvera jamais car il me dit tout. Je ris chaque fois que je l'ai au téléphone. Le pauvre, il est pathétique dans ses recherches stériles.

— Je vous ai trouvé, il vous trouvera.

— Il cherche un monstre, vous avez trouvé un manoir, il ne cherche pas au bon endroit.

— Et comment expliquez-vous les analyses ADN prouvant qu'il s'agit d'une anguille géante.

— Nous avons enduit les "dents" et la surface de notre création avec de l'ADN d'anguille. Ça a bien marché n'est-pas ? Personne n'y a vu que du feu.

— Mais les cadavres, qu'en avez-vous fait ?

— Nous avons une chambre froide avec de la viande pour quelques semaines.

— Et en plus d'être des tueurs, vous êtes des anthropophages !

— Que nenni, c'est une boutade. Nous avons seulement mangé du sanglier et de la vache. Une sépulture sera organisée pour les bouts des cadavres humains, discrètement, en temps utile, avec du béton au fond de la mer.

— Et l'avion, vous avez vraiment voulu tuer tout ce monde ?

Le Préfet prend un instant pour répondre, faisant une grimace voulant être triste, mais sans y arriver :

— Ce fut une épreuve difficile mais indispensable, explique-t-il. Il est évident qu'un petit coup du monstre dans une carlingue ne peut pas abimer un avion. Nous avions installé un boitier dans un endroit stratégique pour déconnecter les commandes au bon moment. Cette manipulation a été très compliquée à mettre en œuvre pour que cela soit indétectable avec les boites noires, mais quel résultat ! La tour de Bretagne a été le petit plus, la cerise sur le gâteau, mon bonus, mon petit cadeau. C'était sympa n'est-ce pas ?

Tous les protagonistes autour de la table rient de bon cœur.

— Mais vous êtes des monstres !

— N'inversez pas les rôles cher Monsieur, le monstre se repose, moi je suis actif, un peu génie du mal mais ce n'est pas moi qui ai coupé la tête de votre fils.

— Vous jouez sur les mots, vous êtes un malade, vous êtes tous malades.

— Pas d'insulte je vous prie, restons courtois.

— Que comptez-vous faire de moi, quelle est mon espérance de vie ?

Le Préfet Chassdo soupire, tristement, avec un sourire figé, pinçant ses lèvres :

— Courte, très courte, infime.

— Je peux téléphoner à mon petit-fils une dernière fois ?

— Et à la gendarmerie aussi tant que nous y sommes. Quelle simplicité dans la naïveté. Dites-moi, avez-vous eu une belle vie ?

— Jusqu'au meurtre de mon fils, oui.

— Croyez-vous en Dieu ?

— Je me pose encore cette question quand je vous vois avec votre bande d'énergumènes. Et vous, croyez-vous au mal ?

— Cela fait longtemps que je ne me pose plus cette question. Les hommes sont le mal, le mal en eux, le mal entre eux, le mal autour d'eux. Regardez notre belle planète bleue, ils savent qu'elle ne va pas bien et ils savent ce qu'il faut faire pour la sauver. Néanmoins, ils continuent à la bousiller, ils vont droit dans le mur ! Que vous essayiez de bien faire ou de mal faire, encore faut-il définir ce qu'est le bien et le mal, cela ne changera rien. Aller à vélo au travail ne va pas empêcher les chinois, les indiens et les américains de continuer à polluer comme des gros porcs. Alors, vivons notre vie, profitons-en et de toute façon, tant que nous aurons des psychopathes pour gouverner le monde, rien ne bougera.

— Je vous sens pessimiste.

— Non, très optimiste au contraire, mais réaliste.

— Une autre question, la cloche tous les soirs à minuit, c'est bien vous !

— Bien sûr, notre Sécateur, puisque vous l'avez baptisé ainsi, est équipé d'un haut-parleur d'une grande puissance. Il va faire sa tournée tous les soirs à minuit. Le tremblement de terre en octobre a été le facteur idéal pour déclencher les hostilités. Ne vous méprenez pas, nous ne sommes pour rien dans ce tremblement de terre, nous ne savons pas les déclencher, pour le moment.

— Et quel est votre but précis ?

— L'argent bien sûr ! Vous n'imaginez pas tout l'argent que nous allons nous faire. Vous ne verrez pas notre succès malheureusement. Avez-vous d'autres questions ?

— Je souhaite rentrer chez moi.

— Désolé, mais vous avez un rendez-vous.

— Avec qui ?

— Mais avec le Sécateur bien sûr, il souhaite instamment vous être présenté !

Le Préfet Chassdo sort de la pièce, laissant Anselme face au regard de ses amis qui rient doucement devant son désarroi.

Le Préfet donne ses consignes à Ulysse :

— Tu le confies au Sécateur, que cela se fasse vite. Tu laisseras ses deux jambes pour son identification à "Pierres Aigües", au bord du lac avec sa voiture à proximité. Nous aurons une nouvelle victime à déplorer. Mon Dieu, quel chagrin, quelle tristesse pour sa famille. Que diable est-il venu faire dans cette galère…

— Bien Monsieur.

Anselme est conduit dans le hangar situé près de l'eau. Ulysse l'attache solidement à une chaise. Le hangar s'illumine et éclaire le Sécateur, inerte, posé en plein milieu, énorme, avec sa tête hideuse.

Un jeune homme s'approche. Avec un accent signant nettement son origine asiatique, il demande :

— Petite démonstration pour le Monsieur ?

— Ai-je le choix ?

— Oh oui, bien sûr ! Soit on tue de suite, soit je montre le Sécateur et on tue après.

— Je souhaite voir le Sécateur.

— Bonne réponse hi hi hi, bonne réponse ! Tu vois, la machine est posée sur une plateforme qui descend, il y a de l'eau dessous et un tunnel qui va directement dans le lac, en passant par la douve. Personne ne peut le voir. C'est comme de la magique.

— De la magie, réplique Anselme.

— Oui, de la magie. Je ne maîtrise pas encore tous les mots de la langue de Molaire cher Monsieur.

— de Molière.

— C'est bien ce que je disais, hi hi hi. Donc je mets le casque et je vois tout ce qu'il voit, je peux le diriger à distance et faire ce que je veux, ce qu'il veut, sur terre et dans l'eau hi hi hi.

Joignant le geste à la parole, il met sa console de commande devant lui, retenue par une sangle autour du cou et applique son casque affublé de grosses lunettes lui couvrant la moitié de la tête.

— Attention, attention, je démarre. Bonjour mon joli robot.

Les yeux rouges s'éclairent. La tête se lève, son corps ondule au fur et à mesure qu'il prend de la hauteur dans un mouvement harmonieux. Il ouvre sa grande gueule et se rapproche de la tête d'Anselme, terrorisé.

— Tu vois Monsieur, mon joli monstre n'aime pas les curieux, pas du tout.

Ulysse sort son pistolet et tire une balle dans la tête d'Anselme qui s'écroule sur sa chaise.

— Tu découpes, tu emballes les jambes et je les embarque dans 5 minutes. Grouille. Tu mets le reste au congélateur.

— Pas problème, pas problème, hi hi hi, je coupe, je coupe…

Chapitre 56

Dix ans après les évènements tragiques du lac de Grand-Lieu, la grande fête va commencer. Il fait chaud, très chaud ce dimanche 20 juin. L'immense parking se remplit de voitures et le tramway déverse un flot de personnes. La foule se rassemble devant une estrade située près de l'entrée du parc d'attractions. Clémentine et Bernard Bellebrute arrivent avec leurs quatre garçons, Jimmy, Jacques, Joachim et le petit dernier, Joseph, coincé dans sa poussette. Clémentine pousse le fauteuil roulant de Lucette. Sa grand-mère marche de moins en moins bien. Les tassements vertébraux liés à son ostéoporose ont eu raison de sa mobilité. Elle a néanmoins gardé sa verve et sa voix rauque, reconnaissable entre toutes. Elle répète à qui veut l'entendre :

— Dire qu'il faut attendre d'avoir mon âge pour voir ça, c'est pas Dieu possible. Faudrait que je meure, mais le bon Dieu m'a oublié. Pourtant je suis prête, je lui ai déjà dit plein de fois !

— Allons grand-mère, profite de la journée, nous sommes là avec toi. Regarde, voici Julien accompagné de son amie. Bonjour Julien.

— Bonjour tout le monde. Vous connaissez Sophie, ma copine. On a fait l'école ensemble depuis le primaire. Elle me colle comme une sangsue depuis que je suis tout petit. N'est-elle pas adorable ?

— Bonjour tout le monde, dit Sophie, ravissante demoiselle, blonde et pleine de bouclettes. Julien exagère, il est adorable lui aussi et ne veut jamais s'éloigner de moi.

— Alors il faut vous marier, explique Lucette. Regardez, grâce à moi, Clémentine et Bernard se sont mariés et me voilà encore 4 fois arrière-grand-mère. Et puis, ton père et ton grand-père auraient été heureux de vous voir mariés. Il faut vous presser, je ne vais pas vivre longtemps, j'aimerais voir un beau mariage avant ma mort.

— Tante Lucette, c'est notre vie, réplique Julien. Je t'inviterai si on se marie, mais ce n'est pas dans nos projets pour le moment. J'espère que les discours vont être courts. J'ai horreur de ces manifestations mais Sophie a absolument voulu venir. Vivement que je retourne dans les bois, loin du bruit, du monde et de la pollution.

— Qu'est-ce que tu fais comme études ? lui demande Bernard.

— Je vais devenir sylviculteur. J'aime les forêts, comme grand-père, et je vais veiller à leur bien-être. Tiens Bernard, voilà ton copain.

Effectivement, son ami Louis-Charles-Marie de la Tartetatin arrive, sur ses deux prothèses, aidé d'une canne. Il s'approche du groupe avec un grand sourire :

— Mon petit Bernard, quelle joie de te voir. Et ta marmaille qui grouille dans tous les sens, quelle belle famille !

— Salut mon loulou, comment vas-tu ? Ta femme et tes enfants sont dans le coin ?

— Marie-Charlotte-Angèle s'occupe de mon stand avec Jean-Bernard-Pierre et Louise-Clémentine-Guillemette. Il faut d'ailleurs que j'y aille.

— Ton stand ?

— Oui, j'ai décidé de raconter mes aventures sur le lac. Venez me voir après les discours, je vais me mettre à nu pour raconter mes déboires avec le Sécateur.

— Le vent tourne, il fait trop chaud, ça va tourner à l'orage, dit Lucette. Faudra pas rester trop longtemps. Tiens, voilà les huiles qui vont causer.

Le Préfet Kuvett montre sur l'estrade et s'approche du micro, il tapote dessus, racle un peu sa gorge en attendant le silence.

— Mes chères concitoyennes et mes chers concitoyens, je vous remercie d'être venus aussi nombreux pour l'inauguration de ce parc d'attraction. Ce lieu magnifique va rayonner sur la région nantaise comme le petit beurre titille nos papilles. Nous connaissons Eurodisney, le Futuroscope, le parc

Astérix, le Puy du Fou, nous avons maintenant le parc d'Herbauges. Je ne vais pas être long car tout le mérite en revient à mon prédécesseur l'ancien Préfet Chassdo qui nous fait l'honneur et le plaisir d'être avec nous. Je vais lui laisser la parole pour qu'il nous retrace les évènements à l'origine de ce parc. Il est retraité depuis deux ans et a abandonné momentanément les Antilles où il réside actuellement pour une retraite bien méritée, afin de présider cette inauguration. Merci infiniment d'être avec nous Monsieur le Préfet. Je vous laisse la parole.

En pleine forme, bronzé et habillé d'une magnifique chemise à fleurs, l'ancien Préfet ne boude pas son plaisir en prenant le micro :

— Merci Monsieur le Préfet, merci mes amis d'être avec nous pour cette superbe inauguration. En effet, des évènements dramatiques ont été à l'origine de cette création. Je tiens à faire une minute de silence, en mémoire de toutes les personnes mortes tragiquement à cause du Sécateur.

Il baisse la tête, très content de l'effet de ses paroles sur la foule, personne ne dit plus rien, hormis quelques enfants criards. Il reprend la parole.

— Depuis 10 ans, la région nantaise a été modifiée en profondeur. Nous avons déménagé l'aéroport ainsi que l'usine Airbus à

259

Notre-Dame-Des-Landes, sans souci grâce à l'armée venue nous prêter main-forte. Cela nous a permis de développer Saint Aignan de Grand-Lieu, ville martyrisée par l'ancien aéroport. Surtout, nous avons vidé entièrement et définitivement le lac de Grand-Lieu, refuge du Sécateur, pour qu'il ne puisse plus sévir. Il n'a malheureusement jamais été retrouvé ! Les hypothèses les plus folles ont été émises sur sa disparition. Il est probable, d'après les experts, qu'il se soit rendu dans la mer des Sargasses pour se reproduire. Ses rejetons ne pourront pas revenir, le lac ayant disparu. Plus jamais le Sécateur ne pourra nuire à la population ! La Boulogne et l'Ognon ont été canalisés pour se déverser directement dans l'Acheneau puis dans la Loire par le canal de Buzay. Les nouvelles pompes géantes éviteront toute inondation. Cela nous a laissé plus de 6000 hectares à aménager. Des forêts, des espaces verts, des immeubles, une nouvelle cité baptisée "La Nouvelle Herbauges", moderne et écologique a été créée associée à un immense parc d'attractions digne de Nantes. Tout cela, nous le devons à notre Président qui a suivi de près ces travaux gigantesques.

Il s'arrête pour boire une gorgée d'eau avant de reprendre :

— Je suis fier et heureux d'inaugurer ce parc aujourd'hui. Je lui souhaite une longue vie.

Des applaudissements fusent. Il descend de l'estrade et s'approche du ruban avec tous les notables du coin. Il le coupe avec un plaisir non dissimulé :

— J'ai toujours adoré couper les rubans. C'était la partie la plus agréable de mon ancien métier.

La foule le suit dans le parc d'attraction puis s'éparpille vers les manèges, le grand huit, les montagnes russes, les salles de spectacles, les reconstitutions du lac, la volière aux oiseaux, l'aquarium des anciens poissons du lac, tout est neuf et attirant. Au loin, des nuages noirs s'amoncellent. Lucette fait ses commentaires :

— C'est trop beau, trop propre, pas naturel. Où est passé mon vieux lac, mon vieil ami fidèle que j'ai aimé depuis mon enfance ? Pourquoi ils l'ont vidé ? Clémentine, tu te rappelles la prophétie ? « Herbauges reviendra lorsque le diable boira le lac ». Et bien, cette prophétie disait vrai. Le lac a disparu à cause du diable de Sécateur et Herbauges a été reconstruite. C'est misère de voir ça. J'aurais dû devenir aveugle. Il parait qu'ils ont fait des explorations dans le sol et qu'ils n'ont trouvé aucune trace de l'ancienne cité d'Herbauges. Pour moi, ils n'ont pas fouillé au bon endroit. Elle a existé aussi sûr que mes ancêtres ont vécu.

— Grand-mère, ne déprime pas.

— Je suis pas déprimée, je suis juste vieille. Une vieille bique qui ne sert plus à rien.

— Viens voir avec nous le stand de Louis-Charles-Marie de la Tartetatin.

— De toute façon, c'est toi qui me pousses, alors j'irai où tu voudras.

Chapitre 57

Le stand de LCM est situé au fond de l'allée E4 et se voit de loin. En effet, près du stand est planté un immense poteau avec sur le sommet une imitation de la tête du Sécateur. Au-dessus de l'entrée est inscrit sur une pancarte en lettres rouges avec une apparence sanguinolente : "Au croqueur de Tartetatin". A l'intérieur, LCM est installé confortablement dans un fauteuil sur une estrade. Heureux d'accueillir la famille de Bernard et Clémentine, il leur explique :

— Je propose une prestation de vingt minutes. En préambule, je raconte mon histoire d'avant, lorsque je chassais dans le monde entier. Je fais très court pour vous mais vous pouvez voir certains de mes trophées sur le mur, dont mon célèbre alligator albinos schizophrène. Puis je leur explique ma première rencontre avec le Sécateur, je fais monter la tension et je termine en disant qu'il m'a fait ça !

Et il enlève sa prothèse de la jambe gauche dévoilant son moignon.

— Ma deuxième rencontre avec le Sécateur, je mets les formes, j'enjolive, je fais monter le suspense et je termine en disant qu'il m'a fait ça !

Et il enlève la deuxième prothèse. Au loin, on entend le tonnerre gronder, l'orage approche rapidement. Il continue :

— Je raccourcis beaucoup mon spectacle mais il en vaut la peine. Il y a des bruitages à faire peur et de jeux de lumière magnifiques, à croire que nous sommes vraiment sur le lac. Dernière partie du spectacle, je prends des accents dramatiques, non il ne faut pas que j'y retourne, le Sécateur est méchant, très méchant, mais mon honneur est en jeu, cruel dilemme, que dois-je faire etc... Donc j'y retourne parce que je suis très courageux mais complètement fou et inconscient. Je raconte ma troisième rencontre avec le Sécateur, je m'envole de la scène, accroché à un harnais et termine en disant qu'il m'a fait ça !

Et il enlève sa prothèse du bras gauche. Le ciel dehors s'assombrit de plus en plus.

— Et je termine avec une pointe d'humour en disant « vous pouvez applaudir parce que moi, je ne peux plus », ha ha ha !

L'orage se rapproche et gronde, l'atmosphère est très lourde. Clémentine et Bernard sortent du stand avec Lucette sur son fauteuil roulant pour examiner le ciel, pendant que les enfants écoutent les histoires de LCM. Ils aperçoivent l'ancien Préfet Chassdo, avec toute une clique de notables s'approcher tranquillement, faisant des commentaires élogieux sur le nouveau parc d'attractions.

— J'ai jamais pu piffrer cet homme, dit Lucette. Il nous a volé le lac, c'est un voleur ! Un voleur ! Un voleurrrrrr !

De loin l'ancien Préfet Chassdo s'exprime :

— Regardez la tête du Sécateur au-dessus de ce stand, elle est énorme, magnifique, on se croirait vraiment en face de l'ignoble monstre. C'est une très belle reproduction, félicitations à l'artiste.

Lucette avait raison, le ciel gronde, le vent se met à souffler, une mini-tornade se forme et s'approche à grande vitesse vers le parc, arrachant tout sur son passage. La foule paniquée par ce phénomène s'éparpille. Le poteau sur lequel se trouve la reproduction de la tête du Sécateur bouge avec le vent avant de monter au ciel aspiré par la tornade, puis tombe brutalement sur le sol. Malheureusement, l'ancien Préfet Chassdo n'a pas eu le temps de se mettre à l'abri. Il voit le poteau s'approcher rapidement vers lui, il hurle et tombe à la renverse. La mort le prend rapidement, sans qu'il ne s'en rende compte, décapité par la reproduction du Sécateur sous une pluie diluvienne et les coups de tonnerre.

Clémentine et Bernard se précipitent pour lui apporter les premiers secours. Hélas, il n'y a plus rien à faire.

— Au moins, explique Bernard très pragmatique, on sait par quoi il a été étêté…

— Décapité mon chéri, décapité.

— Oui, mais j'aime bien le mot étêté, j'ai toujours trouvé ce mot joli, pour une fois que je peux le placer dans une conversation…

Lucette s'est mise debout, accrochée à son fauteuil roulant, les cheveux ébouriffés par le vent et la pluie, elle rit de bon cœur :

— Finalement, j'ai bien fait de vivre jusqu'à aujourd'hui pour voir ça ! Herbauges ne renaîtra pas, le lac de Grand-Lieu sera toujours le plus fort, le plus fort, le plus fort !

Et la "vieille sorcière du lac" rit, rit, rit, levant les bras dans le déluge du ciel.

Postface de
"peur sur le lac de Grand-Lieu".

Ce livre est basé sur le lac de Grand-Lieu, élément principal de ce récit. Ce n'est pas un guide touristique mais il peut inciter le lecteur à découvrir par lui-même cette magnifique étendue d'eau et ses alentours par différents endroits :

- Bouaye, son centre d'expositions et le pavillon de chasse du parfumeur Guerlain, dont la vue sur le lac de Grand-Lieu est unique,

- Passay avec la maison des pêcheurs, son musée et sa tour panoramique, l'observatoire ornithologique,

- la plus haute vue sur le lac en haut du clocher de Saint-Lumine de Coutais,

- Pierre-Aigüe à Saint Aignan de Grand-Lieu,

- le site de l'abbatiale Déas à Saint Philbert de Grand-Lieu.

La légende d'Herbauges est vraie, comme toutes les légendes bien sûr. Elle m'a permis de donner un point de départ à ce livre "terrifiant".

Le lac de Grand-lieu est situé dans une zone sismique avec le massif Armoricain. Les séismes sont très réguliers souvent discrets, parfois ressentis.

L'idée de vider le lac de Grand-Lieu a été étudiée très sérieusement dès le 15ème siècle. Le lac est peu profond ce qui faciliterait son assèchement. Plusieurs projets n'ont heureusement jamais vu le jour. Actuellement, plus personne ne parle de son dessèchement.